Marie-Anne
FILLE DU ROI

© Flammarion, 2009
© Flammarion pour la présente édition, 2013
87, quai Panhard-et-Levassor – 75647 Paris Cedex 13
ISBN : 978-2-0812-8828-7

ANNE-MARIE DESPLAT-DUC

Marie-Anne
FILLE DU ROI

PREMIER BAL À VERSAILLES

Flammarion

Note de l'auteur

J'avais très envie de vous parler des débuts de Versailles : l'aménagement du château, des jardins, des fontaines, l'installation de la famille royale, de la cour ; et de vous montrer un Louis XIV jeune, débordant d'activités, aimant la chasse, la danse, le théâtre et les fêtes.

Cette série débute en 1674. C'est une petite princesse, Marie-Anne de Bourbon, précieux témoin de l'Histoire, qui sera notre guide.

Marie-Anne a bien existé : elle est la fille de Louis XIV et de Mlle de La Vallière. Elle naît en 1666. À cette époque, Louis XIV et la reine n'ont qu'un fils : le dauphin Louis. Leurs trois filles sont mortes en bas âge. Aussi le roi s'attache-t-il particulièrement à Marie-Anne dont il apprécie la beauté, la grâce, l'espièglerie. Il la reconnaît et lui donne le titre de Mademoiselle de Blois.

En même temps qu'elle découvre la vie à la cour, elle nous ouvre les portes d'un monde fastueux.

Laissez-vous guider par Marie-Anne !

Bonne lecture,

Anne-Marie DESPLAT-DUC

Chapitre 1

Je m'appelle Marie-Anne, j'habite le palais Brion, face au palais des Tuileries.

Mme Colbert m'a expliqué que cette demeure était autrefois la propriété de M. de Richelieu.

C'est elle qui m'élève depuis le jour de ma naissance le 2 octobre 1666. Elle est gentille et m'accorde la même attention qu'à ses enfants. Elle en a neuf. Les plus âgés ont déjà quitté la maison et je ne les connais pas, mais il en reste cinq qui sont mes camarades de jeux. Curieusement, sa fille qui a presque mon âge s'appelle Marie-Anne, comme moi, et son fils qui a l'âge de mon frère s'appelle Louis, comme lui. Nous en jouons beaucoup pour faire enrager nos gouvernantes et les domestiques, car lorsque l'un d'entre nous fait une bêtise, nous accusons l'autre de la faute alors qu'il se trouve à dix lieues de là !

— Ce n'est point moi qui ai cassé ce vase, dis-je, c'est Marie-Anne.

— Marie-Anne, c'est vous !

— Non point, moi, c'est Marie-Anne, et la coupable, c'est Marie-Anne !

Les deux Louis ne sont pas en reste pour faire le même genre de farces et cela donne des situations cocasses qui finissent par faire rire tout le monde et nous évitent la punition.

Afin de nous différencier, Mme Colbert a décidé d'appeler sa fille Anne-Marie et son fils petit Louis.

Notre mère, Louise de La Vallière, vient souvent nous rendre visite et c'est chaque fois un ravissement. Elle est si belle, si bonne, si douce. Jamais elle ne nous gronde, se contentant de nous mignoter[1], de nous offrir des douceurs et de jouer à cache-cache mitoulas[2] avec nous. Mon frère l'a baptisée *belle maman* tant sa beauté est éclatante. Cependant, elle a peu de temps à nous consacrer, car elle doit constamment paraître à la cour.

Comme je me plains de son absence, elle m'explique :

1. Câliner.
2. Jeu qui consiste à cacher une dragée ou un morceau de sucre candi dans ses vêtements que les autres partenaires doivent trouver en posant des questions.

— Le roi aime ma compagnie et je n'ai pas le droit de le décevoir. Je dois être là lorsqu'il a besoin de moi. Mme Colbert s'occupe très bien de vous et de Louis.

— Certes, mais c'est vous que j'aime !

Elle me serre très fort contre son sein, et tandis qu'elle repart vitement[1] vers le Louvre, son parfum de muguet flotte dans l'air quelques minutes et je garde sur la joue une trace de poudre que je ne veux pas effacer.

Parfois, le roi en personne vient au palais Brion.

— Venez vite, mademoiselle, me dit Mme Colbert, on va vous coiffer et changer votre tenue, car le roi s'est fait annoncer.

Seuls mon frère et moi sommes présentés au roi. Mon amie Anne-Marie et petit Louis en sont toujours écartés. Une fois que j'en demandais la raison à leur mère, elle me répondit :

— C'est que le roi ne s'intéresse pas de la même façon à mes enfants.

Elle ne m'en dit pas plus.

Cependant, l'homme qui se tient devant nous ne me paraît point être le roi. Certes, il est bien vêtu, sa perruque bien poudrée, mais des dizaines de

1. Rapidement.

gentilshommes de la même sorte entrent dans la maison pour rencontrer M. Colbert. Alors, pourquoi celui-ci serait-il le roi ? Un roi s'abaisse-t-il à rendre visite à une fillette comme moi ? J'ai souvent discuté avec Anne-Marie de cette épineuse question. Elle me soutient qu'il est le roi puisque sa mère l'affirme. Je lui soutiens que c'est une menterie[1] et nous nous chamaillons.

— Et pourquoi ma mère vous mentirait-elle ?
— Je l'ignore.
— Vous êtes plus têtue qu'une mule !
— Et vous, plus bête qu'un... qu'un escargot !

Voici quelques mois, alors que ce gentilhomme venait de m'offrir un sachet de sucre candi, dont je suis très friande, je m'enhardis à lui demander :

— Monsieur, êtes-vous le roi ?
Il rit et m'affirma :
— Je le suis.
Sa franchise me laissa sans voix, et dès qu'il fut parti, je courus annoncer à Anne-Marie que c'était bien le roi qui me visitait.

— Je vous l'avais dit et vous ne m'avez pas crue ! se plaignit-elle.
C'est tellement incroyable !
Soudain, elle se renfrogna et bougonna :

1. Mensonge.

— Pourquoi ne veut-il pas me voir, moi ? Suis-je trop laide ?

— Oh, non, vous êtes encore plus jolie que moi !

— Alors, pourrez-vous lui poser la question la prochaine fois ?

— J'essaierai.

À dire vrai, je savais que je ne le ferais pas.

Je suis fière d'être remarquée par le roi. C'est mon privilège à moi. Anne-Marie a sa mère et son père auprès d'elle. Je ne vois pas souvent ma mère et je ne connais pas mon père. Alors j'ai bien droit à une petite compensation ! Et elle dure peu longtemps. Le roi reste une heure, guère plus, prend des nouvelles de notre santé et nous embrasse sur le front avant de repartir.

J'ai dans l'idée que mon père est un gentilhomme occupé à faire la guerre à nos ennemis, car je ne le vois point. Mme Colbert ne me dément jamais. Chaque fois que je la questionne, elle me répond évasivement :

— Soyez fière de votre père, c'est un homme valeureux.

Cela me suffit.

Je ne suis point malheureuse, car les enfants de Mme Colbert voient aussi fort peu leur père qui est pris par le service du roi. Toujours habillé de sombre, il quitte la maison avant cinq heures du matin. Il n'y revient que vers minuit, quand il ne dort pas à l'endroit où se trouve le roi, c'est-à-dire à Vincennes, au Louvre, à Fontainebleau ou à Saint-Germain. Et puis, comme on me l'a souvent répété, l'éducation des enfants est l'affaire des femmes au moins jusqu'à ce qu'ils atteignent sept ans. Plus tard, les filles entrent au couvent afin de devenir de bonnes épouses ou des religieuses, les garçons passent aux mains de précepteurs, puis vont dans des collèges. Je me demande quel sort on me réserve. Vivre cloîtrée dans un couvent ne me tente point et je me juge trop jeune pour le mariage.

De toute façon, tout cela me semble encore bien loin.

Anne-Marie, les deux Louis et moi sommes libres comme des oiseaux. Nous passons le temps à jouer avec qui le veut bien : domestiques, marmitons, femmes de chambre, et personne ne s'en offusque.

Un soir où nous avions entrepris d'explorer les nombreuses pièces de notre habitation, Anne-Marie et moi découvrîmes, par hasard, le théâtre du Palais-Royal qui se trouve dans les murs du palais Brion. Nous n'avions qu'une dizaine de pièces à traverser et quelques escaliers à emprunter.

Alors que notre gouvernante nous croit endormies, nous y allons souvent nous cacher pour assister à quelques farces et comédies.

Nous y sommes le 17 février pour assister à la représentation du *Malade imaginaire* de M. Molière. Il joue lui-même le rôle d'Argan. Nous rions beaucoup, nous laissant gagner par le rire des spectateurs, car nous ne comprenons pas tout. Ce soir-là, Molière est atteint d'une violente quinte de toux et le rideau tombe précipitamment. J'apprends le lendemain par des commérages de domestiques que le comédien est mort. Cela me peine de penser qu'il ne me fera plus jamais rire.

— Irez-vous à l'enterrement de M. Molière ? demandé-je à Mme Colbert.

— Grand Dieu, non ! s'exclame-t-elle, il a été excommunié ! Mais sa femme a obtenu du roi qu'il soit enterré de nuit à Saint-Eustache. Sa Majesté aime le théâtre et Molière.

Je suis contente que le roi aime aussi le théâtre.

Chapitre 2

Un beau matin de juillet 1673, Mme Colbert m'annonce :

— Marie-Anne, le moment est venu de faire de vous une parfaite demoiselle.

— Ah ? parce que je ne le suis point ?

— Pas tout à fait. Vous devez apprendre la révérence, la danse, la musique, à bien tourner un compliment, un peu de latin et...

— Je sais déjà lire, écrire et compter et je connais par cœur quelques fables de M. de La Fontaine.

En effet, notre gouvernante, Mme de Chalencon nous donne, deux heures par jour, quelques leçons de français et de calcul. Anne-Marie est studieuse. Je suis dissipée et je l'entraîne souvent à rire et à jouer. Mais, curieusement, Mme de Chalencon ne me punit jamais.

— Ce n'est pas assez pour... pour la destinée qui vous attend, reprend Mme Colbert.

— Et qu'est-ce qui m'attend ?

— Vous allez être présentée au roi.

— Au roi ? Mais je le connais déjà puisqu'il a la bonté de me rendre visite.

— Là, ce ne sera pas pareil. Ce sera une présentation officielle devant toute la cour.

Depuis cette annonce, M. Desairs, maître à danser, vient me donner des leçons. J'apprends ainsi les pas de la courante, du tricotet, du passe-pied, du branle[1]. Au début, il m'était difficile de ne point les mélanger, mais comme j'aime cet exercice, je m'y applique, et bientôt ces danses n'ont plus de secret pour moi. Je goûte fort la courante, que l'on exécute en couple. Louis me sert parfois de partenaire, ce qui fait beaucoup rire les personnes qui assistent à ces leçons : il est plus petit que moi, mais prend très au sérieux son rôle de chevalier alors même qu'il a des difficultés à suivre la mesure.

J'aurais bien voulu qu'Anne-Marie assiste avec moi aux leçons, cela aurait été plus plaisant, mais sa mère a refusé.

1. La bourrée, la chaconne, la courante, la gavotte, la gigue, le menuet, la passacaille, le passe-pied, le rigodon, la sarabande sont des danses à la mode au XVIIe siècle.

— M. Desairs ne peut s'occuper que d'une demoiselle à la fois et c'est Marie-Anne qui fait son entrée à la cour, pas vous.

— Pourquoi ?

— Parce que... parce que... le roi l'a décidé ainsi et on ne va pas contre la volonté du roi.

Anne-Marie bouda, pourtant rien n'y fit, ni mes supplications ni les siennes.

M. Desairs, satisfait de mes progrès, me félicite souvent pour ma grâce et mon aisance.

— On m'a dit que le roi, lorsqu'il était jeune, avait autant de grâce que vous, m'assure-t-il.

Cela me flatte et j'ajoute :

— Alors tant mieux, il me plairait fort de ressembler à Sa Majesté.

Se tournant vers Mme Colbert et Mme la marquise de Sévigné qui nous rendent visite, M. Desairs prononce une phrase que je ne comprends pas mais qui les fait opiner de la tête d'un air entendu :

— Bon sang ne saurait mentir.

Il m'enseigne aussi l'art de la révérence, celui de savoir marcher sans se prendre les pieds dans ses jupons ou dans sa traîne, puis l'art de prononcer quelques compliments.

Un maître de musique m'apprend à jouer du clavecin et à placer ma voix pour interpréter un motet. Je goûte fort la musique, surtout celle de M. Lully. Mme Colbert prétend que j'ai une jolie voix, claire et fraîche, et, les après-dîners, j'obtiens de francs applaudissements lorsque je chante devant des amies de Mme Colbert.

Un drapier vient prendre mes mesures pour me confectionner un vêtement de cour.

Ma mère choisit avec beaucoup de soin le tissu de la jupe, sa couleur, les dentelles qui orneront les manches et le col, ainsi que les nombreux rubans qui agrémenteront le plastron brodé et ceux que l'on piquera dans ma chevelure. Elle se décide pour un velours noir qui mettra en valeur mon teint nacré et mes cheveux blonds. Je n'en suis point trop contente. J'aurais voulu une jupe de soie rose ou verte légèrement bruissante et un bustier rebrodé de fleurs et d'or comme ceux de ma mère.

— Il ne sied point à une enfant de votre âge d'être ainsi vêtue, m'assure ma mère.

Je fais la moue et même la grimace lorsqu'elle se décide pour un tablier et une bavette de dentelle à mettre sur ma tenue. Je me passerais bien de ces attributs enfantins. Mais ma mère m'explique :

— Vous n'êtes point encore nubile¹ et c'est l'usage de montrer que vous n'êtes pas une demoiselle à marier.

Je m'entête :

— C'est égal, je n'en veux point, il gâte ma jupe et mon bustier !

— Vous voyez bien que j'ai raison. Une demoiselle ne ferait pas pareil caprice, se moque ma mère qui me plante un baiser sur le front et renchérit : Je vous prêterai mes diamants et vous serez éclatante de beauté.

Le jour du premier essayage, je m'exclame en me pavanant devant un grand miroir de Venise :

— Belle maman, j'ai l'impression d'être une reine !

— Non point, mademoiselle, mais une princesse, une véritable princesse ! Je veux que pour ce bal, donné en votre honneur, vous soyez la plus belle et que Sa Majesté soit fière de vous.

Je saisis cet instant pour lui poser la question qui me brûle les lèvres depuis longtemps :

— Belle maman, est-ce que le roi a une raison particulière pour me venir voir souvent et me présenter à la cour ?

1. À l'âge de la puberté.

— Oui, parce que vous êtes sa fille. Il vous a donné le titre de Mlle de Blois et il souhaite à présent que vous viviez près de lui.

Déconcertée par cette nouvelle, je bredouille :

— Je... je suis la fille du roi ?

— Oui, ma chère enfant.

— Pourtant, maman, vous n'êtes point la reine !

Ma mère se trouble quelque peu et rougit.

— Non. Mais j'aime le roi de toute mon âme. Je n'ai jamais aimé que lui et je n'aimerai personne comme je l'ai aimé.

— Il y a grand bonheur à être aimée du plus grand roi de la terre.

Ma mère soupire :

— Hélas, les rois sont changeants et son regard a été attiré vers quelqu'un d'autre. Mais c'est dans l'ordre des choses et cela n'empêche pas Sa Majesté d'avoir beaucoup de tendresse pour vous et Louis.

— Louis est aussi le fils du roi ?

— Oui. Le roi l'a titré comte de Vermandois et lui a octroyé la charge d'amiral de France. À cinq ans, il est le plus jeune amiral de France. Je suis heureuse et fière que mes enfants entrent à la cour.

— Mais vous, belle maman ?

— Oh, mon temps à la cour est terminé.

Elle quitte la pièce soudainement, comme si elle ne voulait pas s'étendre sur un sujet qui la gêne.

Je reste un moment assommée par la nouvelle. Ainsi, je suis la fille du roi ! Voilà donc pourquoi le roi s'intéressait à moi et point à Anne-Marie. La fille du roi !

Je me répète la phrase, je la chantonne et elle m'emplit de bonheur. Je me sens tout à coup belle, grande, importante. Je dois immédiatement annoncer cela à Anne-Marie. Je suis certaine qu'elle partagera mon bonheur !

Je la cherche et la trouve aux cuisines en train de lécher la marmite où ont fondu le miel et les fruits destinés aux desserts du souper. Elle a la mine chafouine, mais je n'y prends garde et, ne pouvant plus contenir ma joie, je lance :

— Je suis la fille du roi !

— Eh bien, sortez d'ici ! Vous n'avez rien à faire aux cuisines !

Étonnée de sa réaction, je l'interroge :

— Vous ne voulez plus être mon amie ?

— Vous n'avez plus besoin de moi, maintenant.

— Que vous êtes sotte ! Au contraire. Dès que je serai à la cour, je vous ferai venir et vous serez ma demoiselle de compagnie.

— Vrai ?

— Promis.

Elle saute du banc où elle est agenouillée devant la marmite et me colle un baiser poisseux sur la joue.

Les derniers jours avant mon entrée à la cour sont un véritable tourbillon. Le drapier, la modiste, le chausseur, le perruquier, le maître à danser, les cameristes... tous veulent s'assurer que je serai fin prête et j'en ai mal à la tête d'entendre constamment les recommandations des uns et des autres.

Et puis, c'est enfin *le* jour.

Chapitre 3

Ma mère tient à ce qu'un carrosse à huit chevaux blancs me conduise jusqu'au Louvre.

— Ce jour d'hui[1], vous faites votre entrée officielle à la cour. Vous êtes la fille du roi et nul ne doit l'oublier, m'explique-t-elle.

Louis a eu beau pleurer et trépigner pour m'accompagner, il n'a pas eu droit à ce privilège. Il est trop petit. Cela m'a fait un peu de peine, surtout lorsqu'il m'a dit en admirant ma toilette :

— Vrai, ce que tu es jolie ! Tu ressembles à une vraie princesse !

Pour un tel compliment, je l'ai serré contre moi (pas trop cependant afin de ne pas froisser ma collerette de dentelle). Je ne l'ai point embrassé non plus de crainte que ses larmes ne coulent sur la

1. Aujourd'hui.

poudre que Ginou, la femme de chambre, a généreusement répandue sur mes joues.

Avant de poser mon soulier de satin sur le marchepied, j'adresse un signe de la main à mon amie et à son frère, qui, de la fenêtre du salon, me regardent partir.

Le trajet n'est pas long. C'est fort dommage, car être dans un attelage si imposant me remplit d'orgueil. Ma mère s'en aperçoit à ma mine réjouie, car elle me gronde :

— Marie-Anne, souvenez-vous que la vanité est un péché.

Je baisse la tête, je ne voudrais point la fâcher un jour pareil. Cependant, je ne la comprends pas. Elle est l'amie du roi, elle vit à la cour, elle est somptueusement vêtue et porte de magnifiques bijoux, alors pourquoi veut-elle que je sois humble quand elle-même ne l'est pas ? Les mères sont parfois curieuses.

Beaucoup de carrosses, de litières, de chaises arrivent en même temps que nous et ce remue-ménage m'impressionne. Je ne le montre pourtant pas. Des torchères tenues à bout de bras par des laquais et des centaines de girandoles éclairent la cour et l'entrée du palais des Tuileries.

Ma mère marche à mon côté. Elle est resplendissante dans une robe couleur du ciel brodée d'argent et enrichie de dentelle au point de France.

Lorsque nous entrons dans le premier salon, des morceaux de phrases chuchotées par les nombreux courtisans invités à la soirée parviennent à mes oreilles :

— C'est Mlle de Blois... Elle est tout à fait ravissante.

— Quant à La Vallière, elle est très en beauté.

— Et pourtant, son heure de gloire est terminée.

— Sa Majesté se lasse vite de ses conquêtes. En ce moment, Elle n'a d'yeux que pour la Montespan.

Les courtisans s'écartent même pour faciliter notre marche.

Nous traversons plusieurs pièces où sur des tables et des guéridons sont proposées de façon artistique des pyramides de victuailles qui se mêlent à des guirlandes de fleurs ou de fruits. Des fontaines répandent des coulées de breuvage sucré ou alcoolisé. Des laquais servent toutes ces bonnes nourritures dans des assiettes de faïence, mais la plupart des invités, refusant d'attendre leur tour, prennent à pleines mains les friandises et les dévorent comme s'ils n'avaient pas mangé de huit jours. Cela m'étonne, car ma mère m'a fait mille recommandations à ce sujet : « Faites attention de ne point vous tacher, ne prenez rien de sucré entre vos doigts, car vous risqueriez ensuite de poisser la main de votre cavalier, ne mordez pas à pleines dents dans une pâtisserie, vous mettriez de la crème sur vos joues. » J'aperçois une vieille dame dont les lèvres sont surmontées de moustaches crémeuses et quelques gentilshommes dont le jabot de dentelle est saupoudré de miettes. En voilà qui se soucient plus de manger que de paraître !

Nous passons devant une énorme coupe où s'élève un échafaudage de massepains colorés. J'en ai l'eau à la bouche et je ne peux retenir un soupir. Ma mère a lâché ma main pour répondre aux salutations de plusieurs personnes et je suis assez désemparée au milieu de cette foule bruyante.

Soudain, un jeune homme vêtu d'un pourpoint cramoisi[1] brodé d'or et d'argent est à mon côté, la bouche pleine des sucreries qui me font tant envie. Il me paraît avoir treize ou quatorze ans. Il saisit délicatement une pâte de fruits et me l'offre :

— Tenez, me dit-il, vous en mourez d'envie et elles sont délicieuses.

Je saisis la friandise et, me doutant à sa mise princière que j'ai devant moi un personnage important, je lui fais une petite révérence et je lui débite sans faillir l'une des phrases de politesse que l'on m'a apprises.

1. Rouge.

— Vous êtes charmante, mademoiselle

Et moi, je lui réponds avec aisance :

— Et vous, un parfait chevalier.

J'ai emprunté cette réplique à un conte de fées que nous a lu Mme Colbert. Je l'ai souvent utilisée en jouant avec Louis au preux chevalier et à la belle princesse. Je suis heureuse de la prononcer pour de vrai.

— À qui ai-je l'honneur ? me demande-t-il.

Je ne sais pas si j'ai le droit de répondre à cette question. Il me semble me souvenir que l'on doit attendre d'être présenté par une tierce personne et qu'il n'est pas de bon ton qu'une demoiselle donne son nom à un inconnu. J'hésite, puis je me décide. Après tout, ma mère m'a assuré que je serais la reine de la soirée, alors autant impressionner ce jeune homme qui a si fière allure.

— J'ai nom Marie-Anne, je porte le titre de Mlle de Blois et je fais, ce soir, mon entrée à la cour.

À cet instant-là, ma mère revient vers moi et s'inquiète :

— J'espère, Monseigneur, que ma fille ne vous importune point.

— Nullement, madame, et je veux bien qu'elle me réserve une danse.

— C'est trop d'honneur, Monseigneur, répond ma mère en rougissant légèrement.

Après quoi, elle m'entraîne dans une autre pièce où, autour de plusieurs tables, des messieurs et des dames jouent aux cartes.

— Qui était ce gentilhomme ?

— Monseigneur le dauphin. Celui qui prendra place sur le trône de France au décès du roi.

— Il est donc mon frère.

— Certes. Mais la reine est sa mère et cela fait une grande différence avec vous, mon enfant.

— Il n'empêche. Le roi est notre père à tous les deux. Et le roi est plus important que la reine.

Ma mère ébauche un sourire. J'ai réponse à tout. C'est à la fois une qualité et un défaut qui me fait souvent passer pour une effrontée.

Me tirant un peu à l'écart, elle m'explique :

— Marie-Anne, à la cour, il y a des règles de préséance à respecter. Chacun doit rester à la place que le destin lui réserve. Le roi risquerait d'être offensé si vous dansiez avec son fils. Le cavalier que nous vous avons choisi est le prince de La Roche-sur-Yon.

— Mais, maman, c'est lui qui veut danser avec moi.

— Ah, c'est un art bien difficile de ne blesser personne et de ne donner prise à aucune médisance. La cour, vous l'apprendrez, mon enfant, est le lieu de tous les dangers.

Je la juge bien sévère. Il me semble, moi, devant autant de bonnes choses, de belles gens, et de lumière, que la cour est fort agréable.

Nous entrons enfin dans la dernière salle où déjà la foule se presse. Sur une estrade, les musiciens accordent leurs violons. Je me hisse sur la pointe des pieds en me tortillant pour essayer de découvrir dans la foule celui qui pourrait être mon cavalier, lorsque le grand chambellan frappe le sol de sa longue et lourde canne et annonce :

— Le roi !

Aussitôt, tout le monde se fige. Je regarde le roi s'avancer et j'ai du mal à reconnaître celui qui vient parfois me rendre visite. C'est lui bien sûr et ce n'est pas lui. Il est en grande tenue du soir : veste brodée d'or, dentelles imposantes dépassant des manches de sa veste, rubans ornant ses bas. Son allure majestueuse m'impressionne et je baisse les yeux en même temps que je plonge dans une révérence que je souhaite irréprochable.

Il s'arrête devant moi et, me soulevant le menton, il me dit :

— Ainsi donc, voici la demoiselle qui sera à l'honneur ce soir.

Aucun son ne parvient à franchir mes lèvres.

La reine qui suit le roi s'arrête un instant devant moi et me dévisage. Je lui fais une nouvelle révérence. Cela ne peut pas faire de mal. D'ailleurs, elle murmure avec un abominable accent espagnol à Mme de Montespan qui est à son service :

— Ma, elle est ploutôt jolie cette pétite.

Une naine qui la suit me décoche une abominable grimace, et, sans me démonter, je lui en adresse une encore plus affreuse, ce qui lui fait pousser un cri de surprise. La reine se retourne, donne un coup d'éventail à sa naine, qui roule sur le sol en faisant mille pitreries. La reine rit, ses dames rient et, pour lui plaire, je ris aussi, mais je n'aime pas cette petite personne qui se moque des autres.

Peu après, le roi revient vers moi, un jeune garçon à ses côtés.

— Mademoiselle Marie-Anne de Bourbon, je vous présente M. François Louis de Bourbon-Conti, prince de La Roche-sur-Yon. Il sera votre cavalier.

Je fais une petite révérence et un grand sourire, car le prince que l'on me présente est aussi beau que le héros d'un conte. Il est mince mais paraît robuste, il a de beaux cheveux bruns, un joli nez, une bouche ravissante, et lorsqu'il s'incline devant moi, la main sur le cœur, je crois fondre de bonheur.

Il m'offre son poing. Comme on me l'a appris, j'y pose les doigts, et nous avançons ensemble vers le centre de la pièce. Tout le monde fait cercle pour nous admirer. J'adresse au ciel une prière muette afin de ne commettre aucun faux pas.

La musique d'un branle s'élève. Le roi ouvre le bal avec la reine, puis François et moi, nous nous élançons, suivis par d'autres couples. Au début, je m'oblige à compter les pas pour être bien en mesure, puis je me laisse porter par la musique. Le prince de La Roche-sur-Yon est un excellent danseur, tout en grâce et en finesse, et c'est un plaisir d'évoluer avec lui.

À la fin du branle, il me raccompagne auprès de ma mère qui bavarde avec un groupe d'amis. Je reconnais Mme de Sévigné, Mme de Richelieu et aussi M. de La Fontaine.

— Mlle de Blois est belle comme un ange, dit la marquise à ma mère.

— Elle est plus légère qu'une fleur qui marcherait sur l'herbe, s'extasie M. de La Fontaine.

Ma mère en rosit de fierté et je suis bien aise de lui donner cette joie. Mais ne sachant ce que le roi, mon père, pense de moi, je m'inquiète :

— Pensez-vous que le roi est content de moi ?

— Il a souri en vous regardant danser. C'est assurément que vous lui avez plu, me répond Mme de Richelieu.

— Il faudrait que Sa Majesté soit bien difficile. À part Elle, personne n'a autant de grâce que vous, mademoiselle, ajoute le fabuliste.

J'ai déjà hâte de reprendre la danse et j'attends l'invitation de mon cavalier en essayant de cacher mon impatience. Ce n'est pourtant point lui qui se présente, mais Monseigneur le dauphin qui s'incline devant ma mère afin qu'elle lui accorde la prochaine danse pour moi.

Je pose ma main sur la sienne et le prince m'entraîne dans une sarabande. Je le suis tant bien que mal, mais il se révèle assez lourd et peu disposé à poser les pieds en cadence sur le sol, ce qui me déséquilibre. Je suis assez marrie[1] de devoir me produire avec un si piètre danseur, pourtant, je dois faire bonne figure, car je n'oublie pas que je danse avec le futur roi de France. Il est en sueur lorsque les violons s'arrêtent. Il me remercie, je le remercie, cependant je suis furieuse qu'il ait gâché la bonne impression que j'avais donnée de moi à mon père quelques instants auparavant.

La mine boudeuse, je retourne auprès de ma mère.

— Vous ne dansez point, belle maman ?

— Non. Mon heure est passée et c'est pour vous que Sa Majesté donne ce bal.

1. Ennuyée, déçue.

Voyant soudain le roi s'approcher de nous, je lui souffle :

— Vous vous êtes trompée, maman, le roi vient vous inviter.

Mais c'est à moi que le roi tend la main, en me disant un sourire amusé sur les lèvres :

— Mademoiselle, voulez-vous accorder cette danse au roi votre père ?

Il me semble bien qu'un grand silence est tombé dans la salle. Sa Majesté me tient la main, les violons attaquent un passe-pied, et le roi avec grâce et sérieux le danse avec moi. Je sens tous les regards braqués sur moi, mais je ne commets aucun faux pas. Je sais à cet instant-là qu'il vient, aux yeux de tous, de me reconnaître comme sa fille. Une vague de fierté m'inonde et j'ai l'impression de danser sans toucher terre. Il faut croire que les courtisans pensent de même, car des murmures d'admiration viennent à mes oreilles.

Lorsque le roi me raccompagne auprès de ma mère, elle est très émue et balbutie :

— Je remercie Sa Majesté de l'honneur qu'elle a bien voulu faire à... à sa fille.

— C'est un plaisir, madame, car cette jeune demoiselle est la grâce personnifiée. Je gage qu'elle sera bientôt un des fleurons de notre cour.

En dehors d'une courante et d'une gavotte que je suis obligée d'accorder à deux gentilshommes qui espèrent ainsi être bien vus du roi, je passe toute la soirée à danser avec François de La Roche-sur-Yon. Je le trouve très à mon goût. La marquise de Sévigné, le visage caché derrière son éventail, me souffle d'ailleurs :

— Vous formez tous les deux un couple charmant. Le prince est un excellent parti, et si Sa Majesté y consent, je vous conseille de l'épouser.

Je lui réponds avec aplomb :

— Je suis trop jeune pour le mariage. Mais s'il est disposé à m'attendre quelques années, il me plairait d'être sa femme.

La marquise éclate de rire et déclare :

— Cette enfant a de la repartie et de l'esprit, tout ce qu'il faut pour briller à la cour.

J'espère que cette prédiction se réalisera, car cette soirée m'a en tout point séduite. Je trouve bien agréable de sortir de l'ombre pour paraître à la lumière et la cour ne me paraît point aussi dangereuse que ma mère me l'a dit.

Chapitre 4

À présent, je vis en partie au palais Brion avec Mme Colbert, mon frère et ma mère, et en partie à la cour, car mon père, le roi, se plaît à m'avoir près de lui.

— S'il a déjà un fils avec la reine, vous êtes sa première fille, m'a expliqué Mme Colbert, et vous avez conquis son cœur, ce qui n'est point facile. Je suis fière d'avoir contribué à faire de vous une parfaite demoiselle.

— Est-ce qu'Anne-Marie viendra jouer avec moi ?

Ma question semble l'embarrasser.

— Anne-Marie est trop jeune et trop inexpérimentée. Elle ne serait pas à l'aise à la cour.

— J'y suis bien, moi !

— Vous, ce n'est pas pareil, vous êtes la fille du roi !

— Je lui ai promis de faire d'elle ma demoiselle d'honneur et je tiendrai parole.

Là encore, il me paraît que ma repartie met Mme Colbert dans l'embarras, car, me posant une main sur l'épaule, elle me dit :

— Je vous en prie, Marie-Anne, laissez ma fille en dehors du tohu-bohu de la cour. Dans quelque temps, elle entrera au couvent pour y attendre un mari. Ce sera mieux pour elle.

Je ne suis pas certaine que mon amie apprécie ce programme, mais je n'en dis rien à sa mère.

En cette fin de janvier, toute la cour va s'installer à Saint-Germain pour le carnaval. Je n'y suis encore jamais venue. Ma mère m'a vanté la beauté des jardins et des grottes et j'ai hâte de découvrir tout cela. Anne-Marie n'est pas du voyage. Mme Colbert m'a affirmé qu'elle était souffrante, mais je ne la crois qu'à moitié.

Le voyage est tout à fait plaisant. Les valets ont entassé sur des charrettes nos meubles, nos tentures, nos lits, et enfermé dans de grandes malles tous nos effets. Et comme tous les gens de la cour ont fait de même, il y a des centaines de charrettes qui avancent à la queue leu leu. Les mousquetaires nous escortent. Mon frère, Louis, est du voyage et il est encore plus excité que moi, ne cessant d'aller d'une portière à l'autre pour ne rien perdre de l'animation qui nous entoure.

— Louis, tu piétines le bas de ma jupe ! lui dis-je.

— Oh, toi, depuis que tu as été au bal de la cour, tu joues les princesses et tu m'agaces !

— Mais je suis une princesse et le roi m'aime !

— Alors, moi, je suis un prince puisque le roi est mon père, claironne Louis, et un jour, je serai roi de France !

— Est-ce que c'est possible, maman, que Louis soit roi de France ?

— C'est fort improbable. Sa Majesté a déjà un fils Louis, le dauphin, âgé de treize ans. Vous avez dansé avec lui lors de votre premier bal.

— Moi aussi, je m'appelle Louis, comme le roi et son fils, alors si l'autre Louis meurt, je prendrai sa place.

— Louis ! s'exclame ma mère horrifiée en se signant, je vous interdis de dire des choses si affreuses. Il faut prier, au contraire, pour que Dieu garde les enfants du roi en bonne santé.

Mon frère se renfrogne. Il a du mal à comprendre pourquoi sa mère ne souhaite pas qu'il devienne roi et j'avoue que je ne le comprends pas non plus. Elle croit utile de nous expliquer :

— Il faut être modeste, mes enfants. Votre père est bien le roi, mais moi, je ne suis rien. Il a eu la grande bonté de vous reconnaître et d'offrir le titre de Mlle de Blois à vous, Marie-Anne, et celui de comte de Vermandois à vous, Louis, mais vous devrez toujours vous effacer devant les enfants de la reine, car eux sont fils et filles de France.

Elle m'a déjà servi ce petit couplet sur la modestie et je me demande même si cette douceur et ce souci de s'effacer toujours devant les autres ne sont point la cause que le roi la délaisse.

Je me promets donc, intérieurement, de ne point trop suivre les conseils de maman et d'essayer, moi aussi, d'être le plus souvent possible avec le roi afin qu'il ne m'oublie point.

Lorsque nous arrivons, je suis fort étonnée de constater qu'il n'y a pas un mais deux châteaux. Le château vieux est... vieux, il a des tours féodales et il est entouré de fossés. À quelques toises de là, au bout du promenoir qui domine la Seine, est construit le château neuf. Il est fort agréable à regarder avec ses nombreuses terrasses, ses jardins et ses grottes, mais si l'on approche, on voit qu'il est en bien méchant état.

À peine suis-je descendue de voiture que M. le dauphin tient à me montrer la seule grotte encore visitable :

— Elle a été construite par mon arrière-grand-père Henri IV, m'explique-t-il.

Je ne suis point trop rassurée en pénétrant à l'intérieur, car je me trouve aussitôt face à un horrible dragon. Je recule d'un pas. Louis me prend galamment le bras :

— Ne craignez rien, je suis là, me dit-il.

Alors, hardiment, j'avance vers le monstre. Il n'est pas question que je sois moins courageuse que mon guide.

À ce moment-là, je suppose que le dauphin actionne discrètement le mécanisme car des rossignols se mettent à chanter tandis que le dragon bat des ailes en vomissant des bouillons d'eau par sa gueule grande ouverte. En une minute, je suis trempée jusqu'aux os.

— Vous voilà baptisée par le dragon de Saint-Germain ! se moque-t-il.

Ma chevelure ruisselle sur mes épaules, ma robe et mes souliers sont gâtés, ce qui ne me donne pas du tout envie de rire, mais au contraire me fait entrer dans une grande colère :

— Vous l'avez fait exprès !

— Oui, oui, me répond-il. Vous êtes si drôle ainsi ! Et puis, c'est la farce habituelle que subissent tous ceux qui viennent à Saint-Germain pour la première fois.

— Ah, bon ?

— C'est un signe de bienvenue en quelque sorte.

— Dans ce cas, dis-je, je ne voudrais point être seule à jouir de cet heureux signe.

Et je le pousse de toutes mes forces sous les jets d'eau que le dragon continue à déverser. Déstabilisé par mon geste, il tombe dans la flaque d'eau, et en quelques secondes, il est aussi mouillé que moi.

J'éclate de rire, puis je me ravise et me tais. Ne suis-je pas allée trop loin ? Je me souviens des paroles de ma mère. Il est fils de France et je ne suis rien.

Louis se relève. Il me semble qu'il hésite un instant à se fâcher. Finalement, il me prend par la main et me dit :

— Venez, ne restons pas ici, il fait grand froid et nous risquons d'attraper la mort.

Nous courons tous les deux, main dans la main, jusqu'au château vieux, puis nous nous séparons pour rejoindre nos appartements et nous changer.

Quelques jours après notre arrivée, je suis déçue de constater que nous sommes tous à l'étroit entre les murs du château, car les pièces sont petites, peu nombreuses et une foule de personnes veulent habiter près du roi.

Il y a bien sûr la reine et ses demoiselles d'honneur, les gens du dauphin ainsi que Monsieur, frère du roi, et son épouse la princesse Palatine, eux aussi accompagnés de dames d'honneur, et de gentilshommes. De nombreuses dames que j'apprends petit à petit à connaître sont là aussi : la comtesse de Soissons, la princesse de Bade, la maréchale de La Mothe, la duchesse de Créqui, Mme de Montespan et bien d'autres encore. Et je ne parle pas des messieurs, aussi nombreux que les dames à suivre le roi comme leur ombre.

Je ne sais plus où me mettre pour ne pas être bousculée et grondée par toutes ces personnes importantes qui courent en tous sens afin d'obtenir une pièce au château.

Beaucoup d'ailleurs, n'en trouvant point, se logent dans des demeures avoisinantes, ce qui entraîne un va-et-vient incessant de carrosses, de chaises à porteur, de calèches dans la cour. Ceux qui s'établissent à l'extérieur grognent et médisent de ceux qui vivent dans le château, et ceux qui vivent dans le château regardent de haut ceux qui sont obligés de loger dehors, car cela veut dire que le roi ne les a pas en assez bonne estime pour leur donner une place près de lui. C'est assez amusant en vérité de les écouter.

J'ai découvert avec joie l'appartement de ma mère.

— Venez voir, me crie Louis, il y a une grotte !

— Comme celles qui sont dans le jardin ?

Notre mère sourit et ajoute :

— C'est une mode qui nous vient d'Italie. Le roi en a fait construire plusieurs, même à l'intérieur.

— Cela fera de bonnes cachettes !

Louis et moi, nous dormons dans la chambre de notre mère sur des lits pliants et c'est un grand bonheur. Au palais Brion, je dors seule et je la vois peu. Depuis mon entrée à la cour, elle passe plus de temps avec moi, car le roi aime nous avoir toutes les deux auprès de lui.

Pourtant, je sais que le roi est épris de Mme de Montespan. Je l'ai appris par des commérages de domestiques. Au début, je n'y croyais pas. Comment le roi peut-il ne plus aimer ma mère si belle et si douce ? Et s'il n'éprouve plus de sentiment pour elle, pourquoi la garder près de lui et aussi pourquoi m'avoir fait appeler, moi, à la cour ? Je n'ai, bien sûr, aucune réponse à mes questions et je sens bien qu'il est indiscret de les poser à ma chère maman dont j'ai souvent vu les yeux rougis par les pleurs.

Je déteste cette Montespan.

Certes, elle fait de nombreux efforts pour que je l'aime : souris[1], compliments sur ma jupe, mes rubans ou ma coiffure. Mais je ne me laisse point attendrir par cette sucrée[2] qui a volé à ma mère le cœur du roi.

1. Sourires.
2. Mijaurée, maniérée.

À peine sommes-nous arrivés que les festivités commencent.

Je n'ai pas assez de ma journée pour tout voir et participer aux nombreux divertissements organisés pour satisfaire la cour et le roi.

Pendant que le jour luit, mon frère et moi explorons le parc. La nourrice de Louis, Mme Coste, et Mme Desfossé, une dame de compagnie de ma mère, nous suivent partout, ce qui est fort déplaisant lorsqu'on a le goût de la liberté. Aussi, nous nous amusons à nous cacher derrière les ifs, les massifs, et même à nous aventurer à l'orée de la forêt, pour la joie de les entendre nous appeler et se lamenter de nous avoir perdus. Nous courons vite et, gênées par l'ampleur de leur jupe et le corset qui leur coupe la respiration, elles ne peuvent point nous suivre. Lorsqu'elles nous ont bien cherchés, nous réapparaissons comme par magie de derrière un tas de bois, de dessous un taillis ou un roncier.

— Seigneur ! s'exclame alors Mme Desfossé, vous voilà aussi crottée qu'une paysanne !

— Et vous, monsieur, ajoute la nourrice, vous avez déchiré votre robe et vos bas, ce qui n'est pas digne d'un amiral de France.

Nous échangeons tous les deux un regard complice, car rien n'est plus voluptueux que de faire enrager ces deux dames.

Parfois, au contraire, lorsque le roi me fait appeler dans ses appartements, je joue à la princesse, un rôle que j'interprète à merveille d'après ce que j'ai ouï[1] dire.

Je m'applique à marcher lentement, à sourire aux gentilshommes ou à incliner légèrement la tête devant les dames de qualité.

J'aime beaucoup l'appartement que mon père a fait aménager dans le château vieux ; certes il n'a que quatre pièces, mais elles sont claires grâce aux nombreux miroirs qui reflètent la lumière des fenêtres ou des bougies. Partout de l'or et de l'argent, des fontaines où des jets d'eau parfumés de jasmin gazouillent dans des bassins d'argent. Il y a aussi une grotte bien plus belle que les nôtres, car elle est pavée de marbres multicolores et abrite une fontaine où l'on voit Neptune sur son char porté par des Tritons.

— Peu de personnes ont accès à ces lieux, m'a affirmé ma mère, c'est un grand privilège que le roi vous accorde, mademoiselle, montrez-vous-en digne.

J'en ai bien conscience car je suis la seule enfant dans la pièce, à part Louis, le Grand Dauphin, mais il a déjà treize ans. Parfois, je suis conviée

1. Entendu.

à entendre les violons. Je fais la révérence au roi, puis je m'assoie sur un carreau[1]. M. Lully lève son grand bâton en mesure et les violons exécutent le morceau qu'il a créé pour le roi dans la nuit. Mon père exige un morceau nouveau chaque jour. J'aime bien, moi aussi, la musique, mais je trouve M. Lully trop raide et trop sévère. J'ai l'impression qu'il pourrait tuer ses violons d'un regard s'ils commettaient une fausse note.

D'autres fois, j'assiste à un entretien avec M. Le Nôtre pour l'amélioration des jardins. C'est toujours passionnant. Le roi donne ses idées, M. Le Nôtre les siennes, et les deux hommes bavardent comme de bons amis. M. Le Nôtre est charmant.

Parfois même, il s'adresse à moi :

— Et que pense cette jeune demoiselle d'un bosquet d'ifs qui cacherait en son sein des fauteuils de verdure pour que les dames puissent bavarder ?

— Que c'est une excellente idée !

Le roi rit :

— Alors, c'est décidé. Plantez donc ce bosquet !

Les moments que j'apprécie le moins sont ceux où le roi reçoit un ministre, car je ne comprends rien à leur conversation et je m'ennuie terriblement. Au bout d'une heure, je n'y tiens plus et je m'éclipse discrètement de la pièce. Je vais alors faire

1. Coussin.

des courbettes et des grâces devant les glaces qui me renvoient mon image ou encore je plonge mes mains sous les jets d'eau en éclaboussant alentour.

— Eh bien, mademoiselle, vous aussi vous aimez les miroirs ?

C'est mon père, que je n'ai point entendu venir derrière mon dos. Je me retourne et lui réponds avec aplomb :

— Oui, père, je les aime beaucoup.

— Je suis fort aise que nous ayons des goûts communs. Je rêve de faire construire une grande galerie qui compterait de nombreux miroirs réfléchissant les jardins et la lumière à l'infini.

— Ce serait magnifique !

Il me caresse les cheveux en souriant et me dit :

— Vous êtes charmante, Marie-Anne, et je suis heureux de vous avoir pour fille.

Ce compliment me comble et je lui réponds sans calcul :

— Et moi, je suis fort satisfaite que vous soyez mon papa.

Ce qui le fait rire aux éclats.

Chapitre
5

Dès que la nuit tombe, et elle tombe tôt en janvier, l'on croise dans les salons des fleurs chapeautées, des Turcs, des Vénitiens, des pierrots, des colombines, des arlequins, des pirates, des dames de pique, mais aussi des lions, des panthères, des oiseaux multicolores. Mon frère a voulu un costume de chevalier moyenâgeux parce que peu de temps auparavant, Mme Desfossé nous a lu l'histoire du chevalier Roland. Il est devenu son modèle et son héros. J'ai choisi la tenue de princesse orientale et je suis drapée dans des voiles bleu et or de la tête aux pieds. Ma mère a longtemps hésité.

— Je n'ai plus le cœur à me divertir de la sorte, m'explique-t-elle.

— Quel dommage, tout le monde sera déguisé, et cela chagrinera le roi si vous ne l'êtes point.

— Le roi se plaît en une autre compagnie que la mienne et il ne s'apercevra même pas de mon absence, soupire-t-elle.

— Justement. Si vous voulez qu'il oublie Mme de Montespan, il faut que vous soyez la plus belle et que vous surpreniez le roi par un déguisement extraordinaire.

Maman me regarde avec étonnement et me gronde :

— Voyons, Marie-Anne, vous êtes bien trop jeune pour me donner de tels conseils.

— C'est que, maman, je trouve injuste que le roi se détourne de vous. Il me semble que si vous faisiez un petit effort...

— Non, Marie-Anne, je connais bien le roi, c'est un guerrier. Il aime conquérir les places fortes comme les dames, mais lorsque la place est conquise, il se lasse et cherche ailleurs d'autres remparts à faire tomber.

— Oh, maman, je vous en prie, déguisez-vous. Si vous ne le faites pour le roi, faites-le pour moi.

Elle m'accorde un souris triste et, me prenant dans ses bras, elle me murmure à l'oreille :

— Alors, c'est entendu. Mais ce sera la dernière fois.

Quelques jours plus tard, un tailleur lui livre une robe bleue et un curieux chapeau en forme de cloche.

— Voilà, je serai un myosotis. La fleur de la modestie et du souvenir.

Mais il y a une infinie mélancolie dans sa voix et cela me trouble.

J'attends le début de la soirée avec fébrilité, me mirant dix fois dans la glace pour ajuster mes voiles. Je suis bien aise d'avoir été autorisée à quitter le tablier qui marque mon état de fillette. À présent, rien ne me distingue des demoiselles de la cour si ce n'est ma taille, mais je suis grande pour mon âge, et je peux, ainsi vêtue, donner l'illusion que j'ai au moins douze ans. Enfin, je l'espère. Mon frère, quant à lui, se plaint de la lourdeur de son heaume de fer et manie son épée pour m'impressionner.

Je regrette qu'Anne-Marie ne soit point de la fête. Je ne l'ai toujours pas revue et elle me manque. La vie à Saint-Germain est tellement trépidante que je n'ai pas encore eu l'occasion de questionner ma mère à son sujet. Je me promets de le faire dès que possible.

Ma mère a quitté la chambre depuis longtemps en nous disant :

— Amusez-vous, mes enfants, mais restez auprès de Mme Desfossé. À carnaval tout est permis et certains malandrins en profitent pour commettre toutes sortes de folies.

Elle est resplendissante, je suis persuadée que le roi la remarquera et oubliera cette Mme de Montespan. Je l'embrasse et lui souffle à l'oreille :

— Vous êtes si belle, maman, que le roi ne pourra que vous aimer.

Elle me caresse la joue en soupirant.

Juste après le souper, une comédie de M. Racine est donnée. Je brûle d'envie d'y assister comme les autres spectateurs et non comme une voleuse, mais Louis est si excité, si volubile que Mme Desfossé décrète :

— Marie-Anne, il ne serait pas bon que vous alliez à la comédie. Louis risque d'incommoder Sa Majesté par son attitude. Il est encore trop jeune pour ce genre de spectacle.

Fâchée d'être privée de ce plaisir, je lui rétorque sèchement :

— Sans doute, mais moi, cela me plairait beaucoup.

— Je regrette, mademoiselle, mais votre mère vous a confiée à moi, et comme je n'ai point quatre bras et quatre yeux, vous devez rester ensemble.

Furieuse, je boude jusqu'à ce que les premières notes de musique me parviennent.

— C'est la farandole ! C'est la farandole ! s'exclame Louis.

Il attrape son heaume et se l'enfonce sur le crâne à l'envers, si bien que, n'y voyant plus rien, il se met à hurler. J'éclate de rire et ne lui viens pas en aide afin de me venger. Mme Desfossé le tire de cette fâcheuse situation et nous nous joignons à la farandole qui traverse les salons.

Je saisis la main d'un Turc portant un énorme rubis sur son turban, Louis tient ma main et Mme Desfossé déguisée en colombine ferme la marche. Nous accomplissons plusieurs fois le tour des salons. À chaque passage, le nombre de participants augmente. Parfois, la farandole casse parce qu'une dame a glissé en découvrant sa cheville. Les gentilshommes se précipitent pour la relever. La farandole s'est éloignée, une autre se forme qui croise la première, en bousculant exprès les dames qui poussent des cris stridents.

Mme Desfossé se prend les pieds dans un tapis et, lâchant la main de mon frère, elle s'étale lamentablement sur le sol. Je ne peux la relever, car le meneur de notre groupe tire si fort qu'il m'entraîne plus loin. D'autres mains s'accrochent derrière moi et, afin de ne pas perdre la cadence, je ne me retourne point. De toute façon, comme nous avons tous des masques, il est impossible de reconnaître qui que ce soit. C'est d'ailleurs très excitant de ne pas savoir si nous tenons la main d'un prince ou d'un palefrenier, celle d'une marquise ou d'une cuisinière. Car les femmes sont déguisées en hommes, les hommes en femmes et certains domestiques sont autorisés à se mêler à la fête. Je ne suis point la dernière à donner quelques coups de fesse pour déstabiliser ceux et celles que je croise.

Nous nous égaillons dans le parc où nous ne sentons même pas le froid de janvier tant nous chahutons et rions, sautant d'un pied sur l'autre sans souci de la mesure. Les violons qui nous suivent ont eux aussi beaucoup de mal à jouer en cadence. Personne ne leur en veut. Carnaval a pris possession de tous les esprits.

Le parc est illuminé de milliers de chandelles et, dans les bosquets, des candélabres d'argent chargés de centaines de bougies font des halos de lumière où certains couples, après avoir abandonné la farandole, s'arrêtent pour se conter fleurette. Je leur jette un regard envieux. J'espère bien, moi aussi, qu'un jour un prince me fera une cour empressée et m'emportera sur son cheval blanc pour aller vivre dans un palais féerique.

J'aperçois ma mère quelques instants, puis je la perds de vue. J'essaie aussi de reconnaître le roi, mais il y a tant de beaux costumes, tant de masques d'or et d'argent, tant de pierreries, de perles, de dentelles qu'il est impossible de savoir qui est le roi. D'ailleurs, il est peut-être travesti en berger ou en marin, car il aime surprendre.

Enfin, essoufflés et riants, nous pénétrons dans la grande salle où quelques heures auparavant la comédie a eu lieu et où les violons du roi prennent place sur une estrade.

Le bal peut commencer.

Chapitre 6

Le bal débute dans la plus grande confusion. Habituellement, le roi ouvre la danse avec la personne qu'il souhaite honorer. Mais comme nous ne savons pas qui est le roi et que carnaval est la période de toutes les libertés, plusieurs gentilshommes s'avancent vers le milieu de la pièce avec autant de majesté que s'ils étaient le souverain et ouvrent le bal. Sur les côtés, les gens rient, se poussent du coude en cherchant qui peut bien se cacher sous les déguisements. Je gage qu'un grand nombre le sait. Mais l'on s'amuse fort à lancer des suppositions toutes plus grotesques les unes que les autres.

— Il me semble bien reconnaître le premier valet de chambre de Sa Majesté en train de danser avec la marquise de Créqui, dit une marguerite à un ramoneur.

— Que nenni, c'est le duc de Vendôme qui danse avec M. de Saint-Hubert !

— Croyez-vous ? Oh, ce serait trop drôle !

Soudain, un arlequin s'incline devant moi. Je vois, à sa taille, qu'il ne s'agit point d'un adulte, mais, évidemment, comme il a le visage couvert d'un masque, j'ignore son identité. Je me retourne pour chercher l'approbation de Mme Desfossé ou celle de ma mère. Elles ne sont plus près de moi. Je devrais donc refuser cette invitation. Mais l'heure est à la fête. L'étiquette[1] et les conventions n'ont point de place ici. J'accepte et l'arlequin me tient la main pour danser une gavotte. C'est une danse vive et rapide dans laquelle j'excelle et qui ne convient pas aux dames âgées. D'ailleurs, la duchesse de Brézé, qui doit avoir plus de quarante ans, choit[2] à côté de moi.

— C'est à cause de ses souliers, me souffle mon cavalier, elle en porte de très hauts pour rehausser sa petite taille. Hélas, la duchesse a un esprit aussi petit que sa taille. Et ce n'est pas en augmentant la hauteur de ses souliers qu'elle aura plus d'esprit.

Je pouffe de rire tandis que quelques messieurs aident la duchesse à se relever. Je l'entends assurer

1. Ensemble de règles, cérémonial en usage dans une cour.
2. Verbe choir : tomber.

qu'elle a été victime d'un malaise dû à la chaleur. Mais personne n'est dupe.

La voix de mon arlequin l'a trahi. Il s'agit du dauphin. Je suis fière d'avoir été choisie pour cette gavotte, et pourtant, j'aurais préféré que ce soit un autre... Peut-être le prince de La Roche-sur-Yon est-il invité à ces festivités, mais comment avoir une chance de danser avec lui quand il y a tant de monde !

Tout à coup, Mme Desfossé est devant moi et me demande d'une voix inquiète :

— Louis est avec vous ?

— Non point, je pensais qu'il était avec vous.

— Il ne l'est pas. J'ai lâché sa main au moment où je suis tombée, mais je pensais qu'il tenait la vôtre et je ne le vois plus.

— Il a dû rester à jouer dans le parc.

— C'est que je l'appelle depuis un long moment déjà et il ne se manifeste pas.

— Il veut vous faire enrager en se cachant dans un bosquet.

Cependant, tandis que je la rassure, une sourde angoisse monte en moi. Louis est intrépide et curieux. Je crains qu'il ne soit sorti de l'enceinte du parc pour explorer seul la forêt, ou pour courir dans les rues de Saint-Germain au risque de croiser un malandrin qui pourrait l'enlever pour exiger une rançon, à moins qu'en jouant au bord de la

Seine, il ne soit tombé à l'eau. Toutes ces visions de catastrophes me font flageoler les jambes et je pose ma main sur le bras de mon cavalier qui ne s'est point encore éloigné de moi. Comme il a surpris ma conversation avec Mme Desfossé, il me dit :

— Nous allons partir à la recherche de ce garnement.

— Oh, non, Monseigneur, pas vous !

— Qui est donc ce... Monseigneur, me répond le dauphin, je ne suis qu'un arlequin qui se doit d'aider une princesse des *Mille et Une Nuits* à retrouver son frère. C'est bien cela ?

— Certes, mais le roi ne serait pas...

— Le roi n'en saura rien. Je vais appeler à la rescousse quelques-uns de mes amis et nous vous ramènerons le fuyard dans l'heure.

Je suppose que le dauphin a, lui aussi, reconnu ma voix. Car il ne me demande pas le nom de mon frère, ni le mien.

Mme Desfossé s'incline devant lui et m'annonce :

— Je vais prévenir moi aussi quelques amis. Mais, je vous en supplie, Marie-Anne, ne disons rien à votre mère pour l'instant. Il sera temps de l'alarmer si par malheur...

Préférant ne point terminer sa phrase, elle secoue la tête, et je la vois glisser l'information aux oreilles de plusieurs dames et gentilshommes qui aussitôt quittent la salle. Elle ne m'a pas ordonné de la suivre, mais je n'ai plus la tête à danser alors que Louis a disparu. Comme elle n'a pas non plus exigé que je demeure là, je sors à mon tour.

Il y a partout des ombres portant des torches et criant :

— Louis ! Louis !

Anéantie, je reste sur le seuil, incapable de me décider à prendre telle direction plutôt que telle autre. Je me reproche de n'avoir pas tenu fermement la main de Louis et je me sens coupable d'avoir préféré la danse à la surveillance de ce frère chéri. S'il lui arrive malheur, jamais je ne me le pardonnerai. Des larmes, que je ne cherche pas à retenir, coulent sur mes joues. Je les essuie rageusement tandis que la voix de ma conscience me gronde : « Cela ne sert à rien de pleurer, cours partout, cherche-le, trouve-le ! »

Tout à coup, une main se pose sur mon bras. Un diable masqué m'interroge :

— Holà, gente demoiselle, pourquoi ce chagrin ? Un de ces masques vous aurait-il manqué de respect ?

— Non, monsieur, mais mon frère a disparu et...

— C'est tout ? Il me semble que votre frère a le droit de mener sa vie comme il l'entend. Sans doute s'est-il isolé avec une demoiselle pour chatouiller sa vertu.

Je m'insurge :

— Il n'a que six ans et demi !

— Dans ce cas, évidemment...

Et il me plante là en ajoutant :

— Les violons entament une caracole, c'est ma danse favorite. Venez !

Je soupire. Ce diable n'a pas de cœur.

En se retournant, il heurte un prince vénitien venu sans doute respirer un peu d'air frais et lui dit :

— Ah, mon frère, je vous déconseille cette compagnie, elle n'est pas gaie.

Mais le Vénitien richement vêtu d'une veste brodée de perles et de fils d'or ne l'écoute pas et s'approche de moi. Un loup de velours cache ses yeux, mais mon cœur le reconnaît sans difficulté : c'est François de Conti, le cavalier de mon premier bal. Il s'incline devant moi et me murmure d'une voix chaude et douce :

— Je vous prie d'excuser mon frère Armand. Ses propos ont dépassé sa pensée.

Je suis en effet assez mortifiée par l'attitude de ce gentilhomme qui n'a aucune compassion pour ma détresse.

— Il est vrai que je ne suis pas gaie. C'est que Louis a disparu et je suis très inquiète.

— Dans ce cas, partons à sa recherche.

Je lui souris. Voilà bien le preux chevalier de mes rêves, toujours prêt à voler au secours de sa dame.

Le courage me revient et je m'élance dans le parc, François sur mes talons, en criant à mon tour :

— Louis ! Louis !

Nous croisons des ombres portant des torches allumées et appelant Louis. Il est inutile de nous joindre à elles. Mieux vaut explorer une autre piste. Laquelle ? J'essaie de me souvenir de l'endroit où j'ai lâché sa main, ou d'un mot prononcé dans la soirée et qui aiguillerait mes recherches, mais rien ne me revient à l'esprit. Qu'a-t-il bien pu se passer pour qu'il quitte la farandole ? A-t-il voulu me faire une farce ? S'est-il tout bêtement perdu dans le parc ? Ou pire s'est-il si gravement blessé en tombant qu'il ne peut répondre à nos appels ? La musique du bal et les rires des invités me parviennent assourdis et je juge indécent que l'on puisse continuer à s'amuser alors qu'un enfant a disparu.

L'angoisse me mollit les jambes. François s'aperçoit de ma faiblesse, car il me prend le bras.

— Voyons, ne vous inquiétez pas ainsi, nous allons le retrouver, je m'y engage.

Ce que je crains le plus est qu'il ne soit descendu jusqu'à la Seine.

Après dîner, le roi avait invité quelques courtisans à une promenade sur sa galère toujours attachée à un ponton. Louis et moi n'y avions pas été conviés. Cela ne m'avait pas chagrinée, mais mon frère avait pleurniché :

— Je suis amiral de France et c'est moi qui devrais être avec mon papa sur la galère.

Nous avions ri de sa repartie. À présent je me dis que, sans doute mortifié de n'avoir pas participé à cette promenade sur l'eau, il a peut-être voulu la faire seul.

— Venez, dis-je à François, j'ai une idée !

Je cours en direction de la Seine et dévale les escaliers séparant les terrasses. Je n'y vois goutte. La lune est cachée par d'épais nuages et aucun porteur de flambeau ne s'est posté vers le fleuve. Les voiles de mon costume de princesse orientale s'envolent, s'accrochent aux branches des arbustes et je tire dessus sans ménagement pour qu'ils ne ralentissent pas ma course. Je trébuche plusieurs fois.

— Attention ! me prévient François, vous allez tomber !

Quelque chose me dit que j'ai raison. Louis est là-bas, il appelle peut-être à l'aide et personne ne l'entend. Je dois faire vite avant qu'il ne soit trop tard. Mon cœur bat la chamade, l'air me manque, mais je ne m'arrête point. Enfin, j'arrive à bout de souffle devant l'embarcadère où la galère est amarrée et je hurle :

— Louis ! Louis !

Mais j'ai tant couru que le son qui sort de ma bouche est inaudible. Je fouille les eaux sombres et la berge du regard, redoutant d'y découvrir le corps sans vie de mon frère.

— Louis ! Louis ! hurle François d'une voix de stentor qui me surprend.

Prête à défaillir, je murmure :

— Il... il s'est noyé.

François me saisit à nouveau la main. Ce geste m'est doux. J'ai en lui un ami, un véritable ami et je sais que si le pire arrive, je pourrai compter sur lui. Le silence est intolérable. L'angoisse me crispe douloureusement le ventre. Je me sens défaillir, lorsque soudain :

— Je suis là ! murmure une voix familière.

Ivre de bonheur, je m'écrie en essayant de découvrir l'endroit d'où vient le son :

— Où ? Où es-tu ?

— Là. Dans la galère. J'attends qu'elle se mette en marche.

Louis apparaît sur le pont du bâtiment, son heaume sous le bras, calme et souriant. Je suis si décontenancée que j'explose.

— Comment ? Tout le monde te cherche, je suis morte d'inquiétude et toi... toi, tu attends que la galère se mette en marche ?

— Ben, oui.

Je vais pour le gronder vertement, lorsque François éclate de rire.

— Tout est bien qui finit bien, conclut-il. Louis est sain et sauf. Nous allons vite le ramener à Mme Desfossé et arrêter les recherches, après quoi, nous retournerons nous amuser avec les autres.

Louis, soulagé d'échapper à ma colère, se place entre François et moi, et nous remontons sur la première terrasse où un groupe nous attend avec des flambeaux. Mme Desfossé serre Louis contre elle, le gronde un peu et le couvre de baisers.

L'incident est clos.

Chapitre

7

Il y a moins de monde dans la salle.

Les messieurs, lassés par la danse, se sont retirés dans les salons pour jouer à la bassette ou au lansquenet, et beaucoup de dames ont fait de même. Les jeux de cartes sont très prisés à la cour. On y joue de grosses sommes et j'ai appris que la reine perd beaucoup d'argent à l'hombre, son jeu préféré.

Les violons viennent d'attaquer un passe-pied. François me tend la main et nous nous lançons avec joie dans cette danse à trois temps.

Soudain, il y a comme un mouvement de foule. Les gentilshommes sortent des salons le visage grave, en murmurant, quand les dames piaillent comme des poules en s'agitant. La musique s'arrête net sur un ordre du maître de cérémonie et une phrase nous parvient :

— Le dauphin a disparu !

— Disparu ? Il est sorti, il y a un instant, avec des amis pour rechercher mon frère, dis-je.

J'aperçois alors le roi. Il est livide. Des gentils-hommes s'empressent autour de lui et chacun lui adresse une phrase réconfortante, propose ses services, s'efforçant au mieux de faire leur cour. La reine, soutenue par ses dames et suivie par deux de ses naines, traverse la pièce en direction de ses appartements, criant, sanglotant et se plaignant dans un français toujours aussi approximatif :

— Ma qué, c'est oune honte ! Vénir enléver lé dauphin au milieu des siens ! En Espagne, c'est oune chose impossibilé !

Je suis, comme beaucoup d'autres, paralysée par la nouvelle alors qu'un affreux désordre succède à l'annonce de la disparition du dauphin. Son gouverneur et son premier valet qui n'auraient jamais dû le quitter du regard, mais qui, grâce à carnaval, sont eux aussi déguisés, se précipitent aux pieds de Sa Majesté pour quémander son pardon. Le spectacle prêterait à rire, si l'instant n'était point aussi grave : un grand Turc et Zeus se prosternent devant un pâtre grec, un faux mouton endormi sur son épaule.

Les gardes du corps et les garçons bleus[1] courent en tous sens, s'élancent dehors, tandis que d'autres reviennent, puis repartent.

---

1. Valets portant la petite livrée bleue, la couleur du roi.

Brusquement, un arbre feuillu est devant moi.

— On vient de m'apprendre, mademoiselle, que Monseigneur le dauphin a quitté la salle de bal avec vous il y a une heure à peine.

— C'est M. de La Reynie, me souffle François à l'oreille, le chef de la police.

Mon sang se glace.

Souventes fois[1] pour venir à bout de l'opiniâtreté[2] de Louis, sa nourrice lui a conté que s'il n'obéissait point, M. de La Reynie viendrait le saisir et l'enfermer dans un cachot noir et humide le reste de sa vie. Je n'ai donc pas de cet homme une image agréable.

Aussi, j'acquiesce du bout des lèvres :

— C'est exact, monsieur.

— Et qu'êtes-vous allés faire dehors ?

— Mon petit frère Louis avait disparu et...

— Lui aussi ?

— On l'a retrouvé presque immédiatement et...

— C'était donc une ruse, déclare sèchement le chef de la police.

Un attroupement se forme rapidement autour de nous. Je suis fort mal à l'aise. Alertée, ma mère vient me rejoindre et se présente. De ce fait, c'est elle qui répond aux accusations de M. de La Reynie.

1. Souvent.
2. L'entêtement. Être têtu.

— Vous avez inventé ce stratagème pour entraîner Monseigneur dehors afin que vos complices l'enlèvent, poursuit-il.

— Monsieur, cette accusation est indigne ! se défend ma mère.

— Madame, je me rapporte aux faits, uniquement aux faits. Sans la fausse disparition de votre fils, Monseigneur n'aurait point quitté la salle de bal et serait encore parmi nous.

— Sans doute, mais...

— Ah ! Vous avouez !

— Non, point. Il s'agit d'un malheureux concours de circonstances. Ma fille et moi n'avons aucun rôle dans cette sinistre affaire.

Ma mère, habituellement si calme et si douce, se trouble, rougit, bégaie. Je suis aussi perturbée qu'elle et je ne comprends pas comment cet homme peut nous accuser d'une pareille vilenie[1].

— Il me paraît, au contraire, que vous en avez un important. Mes espions ont eu vent qu'un enlèvement se préparait, c'est pourquoi Sa Majesté a tenu à ce que j'assiste à ce divertissement. Il s'agit d'éliminer le dauphin afin qu'un des fils légitimés de Sa Majesté prenne sa place.

— Comment osez-vous, monsieur, me soupçonner d'un acte aussi odieux ?

1. Action honteuse.

— Tout le monde sait, madame, que le roi se détourne de vous... Et la vengeance conduit à bien des débordements.

Muette, je regarde ma mère se décomposer sous les insultes répétées du chef de la police.

— Seigneur, souffle-t-elle, rien ne me sera donc épargné.

Et elle s'effondre sur le sol, privée d'esprit[1].

Je m'attends à ce que le roi, qui discute un peu plus loin avec des gentilshommes, se précipite pour la secourir. Il ne bouge pas. Pourtant, il est impossible qu'il n'ait point entendu le bruit causé par sa chute, ni le cri que j'ai poussé, et qu'il ne se soit pas rendu compte du remue-ménage que ce malaise occasionne.

Croit-il, lui aussi, ma mère coupable ? Croit-il que Louis et moi étions ses complices ? J'ai du mal à imaginer que ce père si bon et doux avec Louis et moi nous pense capable de le trahir. Son jugement, à coup sûr, est faussé par l'angoisse et les mauvais conseils qu'il reçoit. Mme de Montespan est à son côté. Elle m'adresse un regard de compassion, mais ne fait aucun geste pour venir vers nous. J'ai, jusqu'à ce jour, des relations amicales avec elle, mais après tout, ce n'est peut-être que fourberie de sa part.

1. Tomber dans les pommes, perdre connaissance.

Deux gentilshommes portent ma mère dans un salon dont on chasse les derniers occupants. Une de ses amies, Mme de La Mothe, lui fait respirer des sels et elle revient peu à peu à elle. M. de La Reynie ne nous lâche pas d'une semelle, comme si nous avions l'intention de fuir. Ce que, à dire vrai, je ferais volontiers si je le pouvais.

Mme Coste, Mme Desfossé et Louis nous rejoignent bientôt, encadrés par quelques gens en armes qui se postent devant les deux portes.

Nous sommes bel et bien prisonniers.

Louis qui ne comprend pas immédiatement le sérieux de la situation se réjouit :

— À quoi joue-t-on ?

Mais comme personne ne lui répond, il se blottit contre moi.

— Est-ce qu'il se passe quelque chose de grave ?

— Oui. On nous accuse d'avoir fait semblant de vous perdre afin d'enlever Monseigneur le dauphin.

— Ce sont des menteries ! s'exclame-t-il tout haut, c'est moi qui ai voulu faire une promenade en galère et c'est pour ça que j'ai quitté le bal.

M. de La Reynie s'accroupit devant mon frère et exige :

— Conte-moi ton aventure.

Avec force détails, Louis explique pourquoi il a fui la fête. Mme Desfossé ajoute qu'elle est venue me prévenir mais n'a pas voulu alerter ma mère.

Le chef de la police m'interroge à nouveau. Je lui apprends alors que Monseigneur le dauphin m'a offert ses services pour retrouver Louis et qu'il est sorti dans le parc avec quelques amis.

— Et vous l'avez suivi ? m'interrompt le chef de la police.

— Non. Il m'avait recommandé de l'attendre dans la salle de bal.

— Vous n'êtes donc point sortie ?

— Si fait, parce que le prince de La Roche-sur-Yon m'a proposé de partir chercher Louis avec lui.

— Pourquoi avoir accepté de suivre M. de Conti et non point Monseigneur le dauphin ?

— Parce que... parce que...

Je me trouble. Je ne peux décemment pas avouer à ce policier que mon cœur bat fort pour le prince de La Roche-sur-Yon alors qu'il reste de marbre pour le dauphin.

— Ne serait-ce pas parce que vous êtes complice de cet enlèvement ?

— Monsieur, intervient Mme de La Mothe, je réponds de Marie-Anne et de M. François de Conti comme de mes propres enfants et je gage que mon mari, le maréchal de La Mothe, serait de mon avis. Ne pensez-vous pas qu'ils sont trop jeunes pour un pareil complot ?

M. de La Reynie toussote, sans doute gêné par la juste réflexion de Mme de La Mothe.

— Et vous, madame, demande-t-il à ma mère, votre fils disparaît et vous ne vous en souciez point ? C'est étrange en vérité.

Ma mère, à peine revenue de son état de pâmoison, est aussi blanche qu'un drap, mais, comme si un aiguillon la piquait, elle se dresse brusquement en même temps que le rouge lui monte aux joues :

— Vous me connaissez mal, monsieur. Mes enfants sont mon bien le plus précieux. Si j'avais su que mon fils avait disparu, j'aurais remué ciel et terre pour le retrouver. Mais, comme on vient de vous le dire, on me l'a caché.

Je suis si peinée qu'on soupçonne ma mère et si émue par ce qu'elle vient de dire que je me précipite dans ses bras. Louis fait de même et nous nous serrons contre elle pour la protéger. Il me paraît qu'ainsi M. de La Reynie n'aura point le cœur de nous arracher à elle pour la conduire en prison. C'est ce que je crains par-dessus tout.

Je me souviens que l'intendant de la maison a annoncé un jour à Mme Colbert qu'une dame, soupçonnée d'avoir enlevé le fils d'une baronne, avait été emprisonnée. Toute la cour était d'accord pour condamner la voleuse d'enfant, car il n'y a pas de crime plus odieux que de s'en prendre à un enfant.

Je ne sais si notre attitude attendrit M. de La Reynie, ou s'il se rend compte qu'il fait fausse route, mais après avoir hésité un long moment en triturant ses gants, il grogne :

— Il y a pourtant bien un coupable !

— Certes, lance sèchement ma mère qui avait recouvré tous ces esprits, et pendant que vous interrogez des innocents, vous lui donnez le temps de fuir.

Le chef de la police foudroie ma mère d'un regard haineux, puis d'un large geste du bras, il invite ses gens en armes à le suivre et il quitte la pièce.

Je pousse un immense soupir de soulagement qui doit s'entendre jusqu'à Paris.

Chapitre 8

À peine M. de La Reynie a-t-il franchi le seuil que Mme de Montespan, vêtue d'une tunique de soie immaculée qui dévoile son épaule gauche, telle une déesse grecque, pénètre dans le salon. J'ai l'impression qu'elle guettait derrière la porte.

— Ma pauvre amie ! s'exclame-t-elle en se précipitant vers ma mère, je viens d'apprendre que vous êtes soupçonnée dans cette affreuse affaire !

Elle saisit les mains de ma mère et les serre avec transport[1].

Je ne sais plus que penser de Mme de Montespan.

Autant ma mère est timide, douce et effacée, autant cette dame parle haut, se montre toujours à son avantage et remue beaucoup d'air. De plus, elle

1. Avec empressement, chaleureusement.

affecte d'éprouver pour ma mère une amitié, qui, à mon avis, est feinte. Comment deux femmes aimant le même homme peuvent-elles être amies ? Mes connaissances en amour se limitent aux tendres sentiments unissant les princes et les princesses des contes que l'on me lit, mais comme je ne suis point sotte, que j'ai de l'esprit et de la réflexion, il me paraît que je ne me trompe point en affirmant que Mme de Montespan triche pour amadouer ma mère et que cette dernière, trop bonne pour la rabrouer, fait semblant de croire à sa tendresse.

En tout cas, moi, je ne suis pas dupe et je me raidis dès que j'entends ces mièvreries sortir de sa bouche.

— Hélas, ma chère, répond ma mère... Et pourtant, Dieu m'est témoin que je ne souhaite pas de mal au dauphin, ni causer la moindre souffrance à Sa Majesté.

— Je vais avertir le roi de vos soucis.

— N'en faites rien, je vous en prie, il doit être déjà si inquiet !

— Il est vrai que la disparition du dauphin le met dans tous ses états. Quant à la reine, les médecins sont à son chevet pour essayer de la calmer par des saignées et des purgations.

— Oh, ne pas savoir ce qu'il est advenu de son enfant doit être une cruelle épreuve, et je partage son angoisse.

Je suis certaine que ma mère compatit vraiment à la peine de la reine. Mme de Montespan se contente de hocher la tête, puis, après avoir enfin lâché les mains de ma mère, elle s'approche de la porte en disant d'une voix mielleuse :

— Je vous abandonne, mon amie. Le roi a besoin de moi, car je crois bien être la seule personne au monde à pouvoir le réconforter.

C'est une façon assez claire de lancer à la face de ma mère qu'elle n'est plus rien pour le roi.

Cette femme est diabolique.

Et si c'était elle qui, profitant de la disparition de Louis et de la sortie de Monseigneur dans le parc, avait manigancé son enlèvement ? Elle a ainsi l'assurance que les soupçons se porteront sur ma mère et que cela conduira le roi à la chasser définitivement de la cour. À moins qu'elle n'ait organisé tout cela en faveur de son fils Louis-Auguste tout juste âgé de quatre ans mais que le roi a légitimé en lui donnant le titre de duc du Maine. Parce que si le dauphin disparaît, si mon frère Louis, ma mère et moi sommes accusés de cet enlèvement, c'est Louis-Auguste qui prend rang dans la succession au trône de France.

On peut me penser bien trop jeune pour avoir un tel raisonnement. C'est faux. Lorsque l'on baigne depuis sa naissance dans un milieu où avoir une charge à la cour, être vu et aimé du roi est la chose la plus importante au monde, on apprend vite, parce que, des domestiques aux dames en passant par les gentilshommes, tous parlent, médisent, encensent sans se méfier d'une gamine. De ce fait, je suis au courant de beaucoup de choses que les autres croient que j'ignore.

Je voudrais que nous quittions Saint-Germain le plus vite possible. Carnaval ne m'amuse plus. Au contraire, j'ai peur que d'un moment à l'autre M. de La Reynie revienne avec ses gens en armes pour nous arrêter. Je me blottis contre ma mère et je lui dis :

— Allons-nous-en, maman.

— Nous ne le pouvons pas, ma chère enfant, ce serait l'aveu que la justice nous effraie, et ce n'est point le cas puisque nous sommes innocents.

Elle est admirable. Mais, moi, j'ai peur.

Louis s'est assoupi dans un fauteuil que Mme Desfossé a approché de la cheminée où une bûche se meurt en répandant une fumée âcre, car aucun domestique n'a dû avoir l'autorisation d'entrer dans le salon pour remettre du bois. Les chandelles aussi sont à bout de course, et bientôt, nous serons dans le noir complet. Cela m'angoisse. Nous laisse-t-on dans cette pièce sans se préoccuper de nous pour nous signifier que nous sommes juste bons pour le cachot ?

Ma mère soupire et nous propose :

— Prions pour que le dauphin soit retrouvé sain et sauf.

Elle s'agenouille sur le sol, sans même un carreau sous ses genoux. Je fais de même, mais mon esprit vagabonde. Pourvu que notre innocence soit reconnue, et pourvu aussi que le roi ne chasse pas ma mère de la cour et qu'il ne se mette pas à me détester. J'ai besoin de l'affection de ce père que je connais encore bien mal, et s'il me l'ôtait, j'en serais profondément meurtrie. Ah, si Anne-Marie était là, elle me soutiendrait et à deux l'attente serait moins longue. Il faut absolument que j'obtienne qu'elle me rejoigne à la cour !

La porte qui s'ouvre avec violence me fait sursauter. On vient nous arrêter. Mon cœur palpite de façon désordonnée dans ma poitrine. Il fait nuit noire et mes genoux sont douloureux. Je distingue une ombre, qui, un candélabre à la main s'écrie :

— On vient de retrouver le dauphin !

— Dieu soit loué ! répond ma mère en se signant.

Je viens de reconnaître Madeleine de Saint-Pol, une amie de ma mère. Je suis si heureuse que je me précipite contre elle au risque de la faire tomber, elle et le chandelier. Les sanglots me submergent. Louis, réveillé par les cris, se met lui aussi à pleurer, et ma mère et Mme de La Mothe mêlent leurs larmes de soulagement aux nôtres. Bientôt, alors que personne n'a osé franchir le seuil de notre salon-prison tandis que nous étions soupçonnés, une foule de dames et de gentilshommes encore déguisés viennent nous réconforter. Les dames serrent la main de ma mère en assurant qu'elles n'ont pas cru une seconde en sa culpabilité, les hommes nous font mille grâces en nous proposant leur soutien.

J'ai très envie de leur dire que nous aurions eu besoin de leur amitié tout à l'heure, lorsque nous étions harcelés par le chef de la police. Ma mère sourit, calme, droite, et n'a pas une parole de mépris pour tous ces gens que j'ai envie de chasser à grands coups de pied.

Le silence et la tristesse laissent la place à un beau charivari entre joie et larmes. C'est fatigant et je voudrais bien qu'on nous laisse à présent rentrer chez nous.

Je regrette que François ne soit pas là. Peut-être a-t-il quitté Saint-Germain avec ses parents ? Ou peut-être n'ose-t-il pas entrer dans ce salon qui a tout d'une volière ?

Je m'éclipse donc, en espérant l'apercevoir dans la salle de bal.

Les musiciens rangent leurs violons et il n'y a plus beaucoup de monde dans la grande pièce. Je m'apprête à revenir sur mes pas, lorsque j'entends :

— Pstt ! Pstt !

Je me retourne et j'aperçois le dauphin caché derrière une tenture.

— Monseigneur ! lui dis-je, étonnée de le trouver là.

— Chut ! Je... je voulais vous voir... et m'excuser du tort que je vous ai causé... Je ne le voulais point, je vous assure.

— Vous avez donc réussi à fausser compagnie aux vilains qui vous ont enlevé ? lui demandé-je, pleine d'admiration pour son exploit.

— Non point. Je... enfin, c'est difficile à dire... mais à vous, je dois la vérité... parce que vous êtes douce et bonne et que je n'ai pas le cœur de vous mentir...

— Vos propos manquent de clarté, Monseigneur.

— C'est que... je n'ai point été enlevé du tout.

— Comment cela ? Vous aviez bien disparu ! Tout le monde est parti à votre recherche et on a même accusé ma mère d'avoir organisé votre enlèvement.

— Oui. On vient de me le conter... et je regrette, vraiment, je regrette.

Il se tord les mains si fort que j'en ai mal pour lui. Mais je ne m'explique pas ses regrets.

— En fait, l'idée m'est venue lorsque votre frère a disparu. J'ai vu l'inquiétude dans votre regard et le grand élan de solidarité de vos proches pour l'aider à le retrouver. C'était très émouvant. Et je me suis demandé si mon père et ma mère s'inquiéteraient autant pour moi.

Tout à coup, je comprends et je m'exclame :

— Et vous avez décidé de disparaître pour connaître leur réaction !

— C'est cela même. Parce que, voyez-vous, parfois le roi me donne l'impression d'aimer plus ses fils bâtards que moi qui suis son seul et véritable fils, et cela me chagrine.

— Si j'ose me permettre, Monseigneur, voilà une idée complètement folle et qui a plongé toute la cour dans le désarroi le plus complet. Votre mère était morte d'angoisse et votre père aussi.

— Oui, et j'en suis fort aise. C'est la preuve que j'attendais.

La peur qui m'a habitée pendant des heures se transforme brutalement en colère et je crie :

— Et le mal que vous m'avez fait et que vous avez fait à ma mère, monsieur, y avez-vous pensé ? Non, sans doute. Vous n'êtes... vous n'êtes qu'un... un égoïste ! Un égoïste ! Je ne veux plus jamais vous voir, jamais !

Avant qu'il n'ait le temps de réagir, je traverse la pièce à grandes enjambées, ouvre une porte et m'élance dans le parc, que je traverse en courant avant de m'effondrer en larmes au pied d'un if. Je pleure longtemps, évacuant ma peur et ma colère. Puis, enfin calmée, je regagne le salon sans me faire remarquer. Je m'approche de Louis, lui saisis la main et j'attends que mère donne le signal du retour.

Mon premier carnaval à la cour n'a pas été une expérience agréable, j'espère que les suivants seront plus amusants. En tout cas, il me semble qu'en peu de temps j'ai perdu de ma candeur, car je vois bien que vivre à la cour n'est pas simple.

Chapitre 9

Comme si le roi voulait faire oublier que sa police nous a, ma mère, mon frère et moi, un instant suspectés, il redouble d'attention à mon égard.

Il souhaite que je sois le plus souvent possible près de lui :

— Mademoiselle ma fille, vous êtes un véritable rayon de soleil, m'a-t-il affirmé.

Je n'en tire point de vanité, mais tout de même une certaine fierté et surtout un vrai bonheur. Car je comprends que c'est une chance d'être appréciée par le plus grand roi de la terre et aimée par une mère aussi douce.

Le roi quitte Saint-Germain pour Versailles aux premiers jours de mars.

Il ne supporte pas d'être éloigné de son nouveau château trop longtemps car il aime surveiller en personne l'avancement des travaux, qu'il s'agisse des bâtiments ou des jardins... et Versailles est perpétuellement en chantier, ce qui a été fait étant modifié, transformé, détruit, reconstruit selon les bons plaisirs de Sa Majesté.

J'aime moi aussi beaucoup Versailles.

Les jardins sont vastes comme des royaumes, les fontaines fort plaisantes, et les promenades en bateau sur le grand canal, des moments réjouissants.

Il y a toujours une foule de gentilshommes, nobles dames, mais aussi de jardiniers, fontainiers, maçons, tailleurs de pierre, menuisiers, peintres, sculpteurs, et l'on ne s'y ennuie pas une seconde. On y parle toutes sortes de dialectes que je m'amuse à reproduire pour faire rire mon frère. Il paraît que je suis douée pour cela.

Un mercredi soir, alors que le roi a convié une trentaine de personnes dans son appartement pour y écouter ses violons, bavarder et jouer aux cartes tout en dégustant des sucreries, je me mets à imiter les manières rustres d'un maçon limousin qui serait entré à l'improviste dans la pièce. J'emploie son patois et son accent, me souvenant de quelques mots entendus peu auparavant. Le roi qui est en train de savourer un fruit confit éclate d'un rire sonore et me complimente :

— Vous êtes une excellente comédienne, mademoiselle.

— Tant mieux, parce que je crois que vous goûtez fort la comédie et que je l'aime aussi.

— Ah, vous aimez le théâtre, vous aussi... Il faudra que nous nous y rendions ensemble.

Je lui fais ma plus belle révérence pour le remercier.

Contrairement à ce que j'ai craint en février, ma mère n'a pas été chassée de la cour, même si je le sais bien Mme de Montespan est la favorite du roi et a accouché de quatre enfants.

Cependant, je continue à espérer que mon père se lasse de cette dame et qu'il fera de ma mère sa seule et unique femme, après la reine bien entendu.

Ne connaissant rien ni à la politique, ni à la raison d'État, je m'étonne que mon père ait pu épouser cette Marie-Thérèse qui n'a aucune grâce, aucun attrait. Elle est petite, rondouillette, pâle, mal attifée, sent toujours l'ail et l'oignon et parle un français approximatif avec un abominable accent espagnol.

J'interroge Mme Desfossé sur ce sujet. Ma question l'embarrasse car elle garde le silence un moment, puis finit par me répondre :

— Un roi est un être à part et... comment dire... ce qui ferait scandale dans un couple normal est toléré lorsqu'il s'agit d'un monarque aussi puissant... Le roi aime profondément la reine Marie-Thérèse, mais il apprécie la présence de quelques jolies dames autour de lui...

Son explication est pour le moins embrouillée et je dois m'en contenter.

La reine n'est pas une méchante femme. Sa fille, Marie-Thérèse, est morte de fièvre en 1672 alors qu'elle n'avait que cinq ans. Sa mère a été longue à se remettre de ce deuil, et comme il paraît que je ressemble un peu à cette princesse, elle m'a prise en affection.

— Marie-Thérèse aurrrait ezactement votrrre âge, me dit-elle le jour où je lui fus présentée.

Comme je plongeais dans une impeccable révérence que j'avais répétée pendant de longues heures, elle enchaîna :

— Quelle adorrrable enfant ! Diou m'a ôté mes deux filles... mais dans sa grrrande bonté, il conserve en bonne santé mon fils, le dauphin.

Elle soupira et reprit :

— Cependant, chacun sait qué les fils sont pour les pèrrres. Les filles donnent leurrr tendresse à leur mère... et moi, jé n'ai plous rien.

Sa phrase m'a émue car je la trouve juste. Je suis, moi-même, très proche de ma mère.

La reine me tendit une coupe contenant des pâtes de fruits. J'en saisis délicatement une rose et translucide et je l'engloutis aussitôt.

— Oh, elle est aussi gourrrmande que moi ! se réjouit-elle avant d'ajouter : les douceurrrs nous consolent dé bien des tristesses.

Ce qui m'intrigua le plus dans l'appartement de la reine, ce sont les naines et le nain qu'elle avait amenés d'Espagne. Je n'avais jamais vu, auparavant, d'humains si petits et ils m'impressionnèrent. L'homme avait la peau noire et portait un drôle de costume rouge. À côté de lui, il y avait une dame miniature, les cheveux blonds et les yeux bleus.

La reine vit mon regard étonné se poser sur eux.

— C'est tout cé qu'il me reste dé l'Espagne. Ce sont mes plous fidèles soujets.

Puis se retournant vers sa dame de compagnie, elle ajouta d'une voix traînante.

— Et vous, bien sour, ma trrrès, trrrès chère Molina qui par votre présence et votre amitié savez adoucir mes peines.

La seniorita Molina suit la reine comme son ombre. Toujours vêtue de noir, elle me terrifie, tant elle a un visage revêche, des yeux perçants et cet air de dire : « Vous ne toucherez pas à la reine ! » Il me semble bien que si elle n'avait point été là, la reine et moi aurions pu avoir des relations presque tendres. Mais dès que j'avance trop près de sa maîtresse, elle me foudroie d'un regard mauvais qui me fait aussitôt reculer. Je me demande ce qu'elle redoute : que l'on attente à la vie de la reine ? Ou au contraire qu'on lui vole sa place dans le cœur de la souveraine ? Je n'ai pas de réponses à mes questions que je me garde bien de poser à qui que ce soit.

Par contre, j'aime ses chiens, et elle en a beaucoup. J'ignore leur race. Ce ne sont point de grosses bêtes méchantes et baveuses, mais de petits ani–maux à poils longs et soyeux, portant des rubans sur la tête ou autour du cou propres à amuser les enfants. Ils se poursuivent en aboyant, savent jouer à la balle, sauter à travers un cerceau et faire le beau pour un morceau de sucre candi. Parfois, en courant, il renverse la naine préférée de la reine, qui tombe à la renverse en battant des pieds et des mains.

— Oh ! Maribolda ! s'exclame sa maîtresse, ce que tou es drôle ! Tou n'as pas changé depuis mon enfance !

Maribolda est celle qui m'a tiré la langue lors de ma présentation à la cour. Je ne l'aime pas et c'est réciproque. Peut-être craint-elle que, par mes jeux et mon rire, je ne la remplace auprès de la reine. Plusieurs fois, j'ai vu s'allumer dans son regard une lueur de méchanceté. Aussi, lorsqu'elle tombe avec les chiens, je me force à rire, pour ne fâcher ni la reine ni elle. La Molina, debout à côté de sa maîtresse, reste aussi impassible qu'une statue et ne nous accorde jamais un souris.

Un soir, alors que je fais à mon frère la description de l'après-dîner que j'ai passé chez la reine, il me dit :

— Elle ne sait peut-être pas rire, cette Espagnole ?

— Ou alors, elle n'ose pas ouvrir la bouche parce que ses dents sont si noires et gâtées qu'elles empesteraient l'air et que la reine lui dirait : « Hou, Molina, il y a un chat crevé dans la pièce ! »

Nous éclatons de rire.

Je ne passe cependant pas tous les après-dîners chez la reine, fort heureusement. Car elle quitte peu ses appartements, et moi, j'aime me promener dans le parc. À dire vrai, je n'ai point trop le droit d'y aller seule. D'après Mme Desfossé, l'extérieur est truffé de dangers divers : le soleil qui gâte le teint, le vent qui décoiffe et soulève les jupons, les ouvriers qui ont l'audace de me parler, les échafaudages qui peuvent s'écrouler.

Lorsqu'elle énumère ce dernier danger, je lui réponds en riant :

— Il y a aussi de nombreux échafaudages à l'intérieur du château, et n'importe où que l'on aille, on risque de recevoir une planche ou un pot de peinture sur la tête !

— Certes. Et je vous recommande d'éviter les pièces et les escaliers qui sont en chantier.

Je fais la moue. Ce sont justement ces endroits-là qui m'amusent.

Dès que Mme Desfossé relâche sa vigilance, je cours voir la construction de l'escalier des Ambassadeurs. Je reste des heures à observer les tailleurs de marbre, les maçons et les peintres. Surtout les peintres, la blouse, le visage et les cheveux barbouillés de couleurs diverses. Depuis peu, ils viennent d'entamer sous les ordres de M. Le Brun la confection de quatre panneaux en trompe-l'œil, représentant des loggias où des groupes d'hommes tournant leur regard vers les degrés comme s'ils admiraient tous les gens qui se rendent chez le roi. C'est un véritable prodige et je me demande bien comment avec de la peinture on peut rendre des scènes aussi vivantes.

L'autre jour, alors que le nez en l'air, je m'approchais pour essayer de percer ce secret, un jeune commis me donna un coup de pinceau vert sur la joue. Je m'insurgeai :

— Monsieur, comment osez-vous !

— C'est que, mademoiselle, je vois bien que vous mourez d'envie de jouer avec notre peinture !

— Il est vrai. Peindre me plairait... mais je n'ai aucun talent.

— Avez-vous seulement essayé ?

— Jamais.

— Eh bien, nous vous donnerons des leçons si vous le souhaitez, me répondit le jeune commis dont la chevelure blonde et les yeux bleus me firent un instant imaginer que j'étais en présence de l'ange Gabriel.

Comme je me reculais pour juger mieux de l'effet produit par la fresque, je renversai un pot de peinture marron sur le marbre blanc.

— Attention, malheureuse ! s'exclama M. Le Brun qui venait d'arriver pour inspecter le travail.

Son intervention me perturba et je faillis tomber dans la flaque de couleur. Je me rétablis par un moulinet des bras. Las, mes souliers étaient tachés et le bas de ma jupe aussi.

Les commis rirent de ma mésaventure, l'ange Gabriel comme les autres, et je fus vexée que des garçons, à peine plus âgés que moi, aient l'audace de se moquer de la fille du roi.

J'ai beaucoup de mal à me situer. Être la fille du roi me plaît parce que j'apprécie les belles robes, les bijoux et les fêtes et que j'aime mon père tout en éprouvant une grande admiration pour lui. Mais il est aussi très distrayant de se mêler à tous ces gens qui travaillent dans le château, sans révéler que je suis princesse de sang[1].

Ainsi, je me plais à surprendre les jeunes commis en montant dans les échafaudages. Ma jupe et mon jupon ne résistent pas à ce traitement, mais je suis fière de leur prouver que, toute fille que je suis, je grimpe aussi bien qu'eux sans avoir le vertige.

En cet après-dîner de la fin du mois de mars, j'emprunte la terrasse reliant les appartements du roi à ceux de la reine afin de présenter mes civilités à la reine sur les recommandations de ma mère. Il fait un grand soleil mais le vent souffle avec force. Mme Desfossé m'accompagne et bougonne car elle a oublié son masque pour protéger son visage et sa coiffure est balayée par une bourrasque. Je me moque gentiment :

— Oh, vous voilà transformée en sorcière !

Elle ne rit pas et me gronde même :

— Marie-Anne, c'est un mot qu'il ne faut pas employer à la légère.

— C'était une plaisanterie.

— On ne plaisante pas avec les pratiques diaboliques. Certaines femmes ont malheureusement fait un pacte avec le diable afin de réaliser leurs

1. Princesse de sang royal.

plus vils projets. Avez-vous entendu parler de la Brinvilliers ?

— Non.

— Eh bien, cette dame a usé des pouvoirs de Satan pour empoisonner des personnes de son entourage... Alors, le mot sorcière doit être banni de votre langage.

Penaude, je promets de ne plus l'utiliser.

Alors que nous arrivons au milieu de la terrasse, tenant nos cheveux d'une main et notre jupe de l'autre, nous croisons le roi qui, escorté de quelques gentilshommes et de deux dames, (l'une est Mme de Montespan) s'en revient de chez la reine. Il s'arrête à notre hauteur et me dit :

— Ah, Marie-Anne, avez-vous vu le magnifique panorama que nous avons d'ici ?

Je n'y ai pas vraiment prêté attention, mais pour lui plaire, je m'approche de la balustrade de pierre qui donne sur un grand bassin et je m'extasie :

— En effet, les jardins sont superbes !

— Cette nuit, j'ai fait planter des milliers de jacinthes blanches et bleues. Les voyez-vous de chaque côté de l'Allée royale ?

— Je n'en avais encore jamais vu.

— C'est une fleur rare, mais grâce à un jardinier hollandais qui vient de s'installer à Versailles, nous en aurons dès les premiers beaux jours.

— Mais comment font-elles pour toutes fleurir en une nuit ? Hier, n'y avait-il pas des giroflées au même endroit ?

— Si fait, me répond le roi en souriant.

— Seriez-vous magicien ?

Le roi éclate de rire, aussitôt suivi par les gens de sa suite.

— Presque, affirme-t-il. C'est que les jardiniers les cultivent en pot et qu'il suffit d'une nuit pour les mettre en terre et une autre nuit pour les ôter et les remplacer par d'autres fleurs.

Je m'en veux de ma remarque naïve, mais puisqu'elle a amusé le roi et les gens de sa suite, il n'y a pas de mal, au contraire.

— Vous alliez rendre visite à la reine ? poursuit mon père.

— Oui, Votre Majesté, intervient Mme Desfossé, la reine apprécie la compagnie de Marie-Anne qui, par sa grâce et son intelligence, parvient à la distraire.

— Il est trop tard à présent et vous la dérangeriez. Sa dame de compagnie vient de lui servir son chocolat, alors plus rien ne compte pour elle, pas même moi, plaisante-t-il.

Je n'ose lui avouer que j'aurais bu volontiers, moi aussi, une tasse de chocolat. Car toute la cour sait que la Molina prépare le meilleur chocolat du monde. La reine en consomme beaucoup. J'ai même ouï dire que quelques années auparavant, elle avait accouché d'une fillette noiraude et mal formée parce qu'elle avait consommé trop de cette boisson. Cette enfant est morte à la naissance. C'est Dieu qui l'a voulu afin de ne point peiner le roi.

Le ciel, qui était d'un bleu pur, se couvre tout à coup de gros nuages noirs. Les dames s'affolent et l'une d'entre elles se plaint :

— Majesté, je sens venir la grêle, rentrons vite, ou nous serons trempés.

Le roi lui lance un regard étonné. Il est vrai que mon père aime être dehors et que ni le soleil ni la pluie ne le dérangent. Cependant, comme il s'agit de Mme de Montespan, il annonce :

— Cette terrasse est une erreur. Les intempéries la rendent impraticable, sans compter que l'eau s'infiltre dans les appartements du dessous et abîme les peintures, les boiseries et les planchers. Il faut envisager de la couvrir par une galerie. J'en parlerai à M. Mansart.

Puis s'adressant à moi, il poursuit :

— Venez avec moi, nous allons voir l'avancement de notre escalier des Ambassadeurs.

— Comme il vous plaira, père.

Cependant, je crains que M. Le Brun ne révèle à mon père mes mésaventures, et c'est en fille soumise et obéissante, restant docilement à côté du roi, que j'entreprends cette visite. Je vois quelques

commis rire sous cape et je joue l'indifférence.
M. Le Brun fait admirer au roi ses dernières peintures, puis il lui dit :

— Mlle de Blois goûte aussi fort la peinture,
et elle vient souventes fois juger de l'avancée des
travaux.

Je rougis. Le roi se tourne vers moi, tout heureux,
et me félicite :

— Eh bien, je suis fort aise, mademoiselle,
qu'après votre attirance pour les miroirs, vous
appréciez aussi les arts.

Je suis tout heureuse de ce compliment.

À ce moment-là, il me semble que rien de fâcheux
ne peut venir troubler la félicité dans laquelle je
baigne.

Chapitre
10

À Versailles, je fais l'apprentissage de la liberté.

Certes, le matin, un abbé vient nous donner, à Louis et à moi, des leçons de latin et de grammaire et poursuivre notre instruction religieuse, mais dès l'après-dîner, nous sommes presque livrés à nous-mêmes.

Parfois, la reine demande à me voir, ou ma mère vient me chercher pour aller saluer une de ses amies, ou encore me conduire dans un couvent pour assister aux vêpres. Je suis heureuse d'être avec elle, mais je déteste la froideur des couvents, les couloirs sombres et nus. Aussi, je m'étonne :

— Comment pouvez-vous vous plaire dans ces lieux si différents de Versailles ?

— C'est que justement, ma fille, ces lieux sont voués à Dieu, quand Versailles est voué au péché.

— Au péché, dites-vous ?

L'abbé Solamon nous décrit les souffrances de ceux qui ont péché avec de si effroyables images que l'idée d'en commettre un m'effraie. Je n'ai pas envie de griller dans les flammes de l'enfer.

— Hélas, oui. Mais vous êtes encore bien jeune pour le comprendre. Cependant, voulez-vous me faire une promesse ?

— Oh, oui, ma belle maman !

— Conduisez-vous toujours d'une façon exemplaire. Ne vous laissez point séduire par le premier gentilhomme qui vous contera fleurette...

Sa voix s'étrangle dans un sanglot contenu. Je me jette dans ses bras et je balbutie :

— Oui, oui, je promets, maman, je serai une demoiselle exemplaire. Mais je vous en supplie, ne pleurez point.

Elle sèche vitement ses yeux.

— Vous avez raison, Marie-Anne, les larmes sont inutiles, ce sont des prières qu'il me faut à présent pour que Dieu me pardonne.

Je ne vois pas trop ce qu'elle a de si terrible à se faire pardonner, mais je crains, en la questionnant, d'augmenter sa peine.

J'ai déjà beaucoup réfléchi sur les malheurs de maman.

Je vois bien qu'elle n'est point heureuse : elle hésite à participer aux fêtes données par le roi, elle reste de longues journées enfermée dans sa chambre et elle a souvent les yeux rougis. À mon avis, elle souffre parce que Mme de Montespan lui a volé le cœur du roi.

Il faut avouer que mon père n'est point discret. Rien n'est trop beau pour Mme de Montespan. Il a fait construire pour elle l'appartement des bains, juste à côté du sien, et un adorable château miniature, le Trianon de porcelaine.

A-t-il fait d'aussi belles choses pour ma mère ?

Un jour, emportée par la curiosité, je lui demande :

— Et pour vous, maman, qu'a donc fait le roi ?

Étonnée par ma question, elle pose sur ses genoux la nappe d'hôtel qu'elle est en train de broder et son regard semble se perdre dans le lointain.

— Oh, pour moi aussi, il a beaucoup fait. Trop sans doute. Je ne le méritais pas.

— Contez-le-moi, s'il vous plaît.

— Cela ne vous concerne pas. C'est du passé et je regrette de m'être laissée griser par... par ces divertissements.

Je me fais câline et, m'asseyant à ses pieds, je la supplie :

— Je vous en prie, maman.

Elle hésite quelques secondes, puis commence son récit :

— C'était au début de mai, il y a dix ans... Dix ans déjà ! Le roi avait commandé une grande fête à M. le duc de Saint-Aignan. Elle devait dépasser en tout celles données à Vaux-le-Vicomte par M. Fouché. Molière, Lully, Benserade, Vigarani usèrent de leur talent pour que tout soit réussi. Le spectacle débuta le 7 mai dans la soirée par un brillant défilé de hérauts d'armes, de pages, de trompettes, de cavaliers. Le roi était vêtu à la façon des Grecs d'une cuirasse lamée d'argent, couverte de broderies d'or et de diamants. Il portait un casque surmonté de plumes couleur de feu et montait un magnifique cheval dont le harnais éclatait d'or, d'argent et de pierreries.

— Oh, comme il devait être beau !

— Très.

Son regard a un éclat que je ne lui ai jamais vu. Elle toussote, sans doute gênée d'avoir osé cette confidence.

— Et ensuite ? insisté-je.

— Il y eut une course de bagues[1], puis une collation servie dans le jardin à la lueur de plus de deux cents flambeaux. Les serviteurs étaient travestis en jardiniers, en moissonneurs, en vendangeurs,

---

1. Le cavalier, lancé au galop, doit enfiler l'extrémité de sa longue lance dans un anneau suspendu. Louis XIV était très adroit à ce jeu.

et pendant le service, un ballet des signes du zodiaque et des quatre saisons fut donné.

— Et après le ballet, tout fut terminé ?

— La fête se prolongea le lendemain et pendant sept jours encore. Il y eut une comédie-ballet de M. Molière, puis, grâce aux impressionnantes machineries de M. Vigarani, un palais féerique est sorti du miroir d'eau avec des géants, des nains, des chevaliers, des dragons et des nymphes, enfin un grand feu d'artifice réduisit ce palais en cendres.

— Oh, j'aurais voulu voir tout cela !

— C'étaient de magnifiques spectacles, il est vrai.

— Et tout cela, était... était pour vous, maman ?

— Le roi me déclarait ainsi sa flamme de façon indirecte devant toute la cour. Mais il ne reste aucune trace de cet éclat d'autrefois, juste quelques souvenirs.

Elle soupire à nouveau, reprend son ouvrage et conclut :

— J'ai péché par orgueil. J'étais si fière d'être aimée par le plus grand et le plus beau des rois de la terre. J'ai cru... j'ai cru que ce sentiment qui nous unissait ne faiblirait jamais. Maintenant, je dois payer pour le bonheur que j'ai vécu et les souffrances que j'ai infligées à la reine.

— Mais, maman, puisque le roi vous aimait lui aussi, vous n'êtes pas fautive...

Son visage se ferme, ses doigts s'activent sur la toile. Je laisse un instant ma tête contre ses genoux. Je suis contente qu'elle m'ait parlé. C'est le signe que j'ai suffisamment grandi pour qu'elle m'accorde sa confiance.

Quelques jours après notre arrivée à Versailles, Mme de Montespan propose à ma mère, mon frère et moi :

— Venez donc sur les trois heures de relevée[1] prendre une collation chez moi, j'y reçois une poignée d'amis.

— C'est que... Louis est turbulent et je préférerai que Marie-Anne aille aux vêpres avec Mme Desfossé.

— Louis-Auguste sera heureux d'avoir un camarade de jeu de son âge, quant à Marie-Anne, sa présence est toujours agréable, et ce n'est pas, ma chère, parce que vous vous abîmez en prières qu'il faut condamner cette enfant aux vêpres tous les jours.

Cette critique fait serrer les lèvres à ma mère, mais elle n'ose répliquer.

De contrariété, elle ne dîne pas. Elle s'alite et se fait saigner par son médecin pour chasser ses mauvaises humeurs. Je suis navrée de la voir ainsi,

1. Trois heures de l'après-midi.

et alors que je suis dans sa chambre, elle me dit d'une voix faible :

— Je vais faire porter un billet pour m'excuser. Avec Louis, vous irez chez Mme de Montespan. Mme Desfossé vous accompagnera. Vous me remplacerez dignement, n'est-ce pas, Marie-Anne ?

— Oui, maman... mais comment vous sentez-vous ?

— Mal. Mais avec l'aide de Dieu, je surmonterai cette épreuve.

J'en veux à Mme de Montespan d'infliger de telles souffrances à ma mère. Je me promets de lui faire mauvaise figure afin de gâcher sa réception. C'est ainsi que, la mine frondeuse, je pénètre dans son appartement. Le luxe que j'y découvre accentue ma bouderie. En comparaison, l'appartement de ma mère me parait misérable. J'en conçois un vif dépit, à moins que ce ne soit de la jalousie.

Le sol est en marbre et les pièces qui se succèdent sont éclairées par des girandoles et des chandeliers posés sur des colonnes de marbre et sur de superbes guéridons sculptés, tandis que des centaines de bougies font étinceler les pampilles de verre et l'argent des lustres.

J'avance, les yeux fixés sur toutes ces merveilles. Mon frère me pousse du coude et me murmure :

— Ça brille de partout !

Son admiration m'agace et je le rabroue.

— Cette dame veut jouer à la reine alors qu'elle ne l'est point.

Surpris par mon ton acide, il insiste :

— N'empêche... c'est beau ! On y voit comme en plein jour.

Certes, mais cet étalage de luxe prouve que Mme de Montespan a plus de valeur pour le roi que notre mère et je ne le supporte pas.

Mme de Montespan vient nous accueillir à la porte d'un salon.

— Quel dommage que Mme de La Vallière soit souffrante. Elle prend tout trop à cœur, ce qui lui occasionne des humeurs fort méchantes pour le teint.

Son ton est faussement compatissant. L'envie de faire demi-tour me taraude, mais me souvenant que j'ai promis à notre mère de bien me comporter, je lui fais une petite révérence.

Prenant une mine complice, Mme de Montespan reprend :

— Venez, je vais vous montrer quelque chose que vous n'avez encore jamais vu !

Nous la suivons jusqu'à la dernière pièce, où nous découvrons, dans un décor de marbre et de miroirs, une grande cuve à huit pans, pleine d'eau :

— Le roi l'a fait construire pour moi dans un seul bloc de marbre de Rance.

Louis ouvre des yeux émerveillés. Je fais semblant de trouver le bassin très banal. Mais il ne l'est point en effet.

— On y accède grâce aux deux marches que vous voyez là. Plusieurs personnes peuvent s'y baigner en même temps, poursuit Mme de Montespan.

— Oh ! lâche Mme Desfossé que l'image choque. Il ne faut point dire de pareilles choses devant des enfants.

— Eh quoi ! se rebiffe Mme de Montespan, il n'y a aucun péché à se baigner en chemise à plusieurs dans une eau parfumée à la rose ou au jasmin. J'avoue que c'est bien agréable et que le roi goûte fort ces instants de détente.

Se tournant vers moi, elle ajoute :

— Il ne tient qu'à vous, Marie-Anne, de venir vous baigner avec moi et quelques amies un jour prochain.

Dans d'autres circonstances, j'accepterais avec joie. Mais cette dame est l'ennemie de ma mère ; aussi, je serre les poings et je réponds :

— Merci, madame, mais maman ne m'y autorisera pas.

— Certes, Mme de La Vallière est si pleine de l'esprit de Dieu qu'elle ne peut que désapprouver ce genre de plaisir.

Devoir renoncer, moi aussi, à ce plaisir me fait soupirer. À dire vrai, je ne sais laquelle des deux a raison : celle qui renonce à tout ou celle qui profite de tout. Mon cœur me fait légitimement préférer la première, mais une fillette gaie comme moi se sent attirée par la seconde.

Nous rejoignons plusieurs dames et quelques gentilshommes qui devisent. Des violons jouent. Dans un angle de la pièce, autour d'une table, des messieurs s'adonnent à une partie de cartes. Des valets tendent des plateaux d'argent chargés de pâtes de fruits et de massepains. Une bonne odeur de chocolat flotte dans l'air.

— Voulez-vous une tasse de chocolat ? me demande Mme de Montespan.

Je devrais refuser. Je n'en ai pas le courage. Elle me propose de m'asseoir sur un ployant et fait un geste à une servante. Aussitôt, cette dernière me tend une tasse fumante et je me délecte du sublime breuvage. Pourtant, je ne peux m'empêcher d'éprouver l'affreuse impression que je commets un péché... celui de gourmandise. Je me promets de le confesser rapidement. Puis je me ravise. Dois-je risquer les flammes de l'enfer pour une simple tasse de chocolat ?

Le petit Louis-Auguste qui a juste quatre ans se précipite vers mon frère, et les deux garçons, guidés par la nourrice du premier, passent dans une autre pièce pour jouer sans déranger les grandes personnes.

Je suis fière de rester avec les adultes. Las, je déchante vite, car les dames se mettent à colporter divers ragots, à rire sous cape. Les messieurs ne sont point en reste et ajoutent des commentaires que je ne comprends pas mais qui font rougir les dames et les font rire de plus belle.

Personne ne s'adresse à moi. Je suis devenue transparente et cela me chagrine, d'autant que je m'ennuie fort. J'espérais que l'on me demanderait de dire un compliment, de chanter quelque chose ou de danser, mais on m'ignore. Si Anne-Marie était là, nous pourrions au moins bavarder à voix basse ou seulement échanger des regards complices. Le soir, nous aurions ri ensemble en imitant les adultes. J'ai l'impression que l'on veut nous séparer et j'en ignore la raison. Je ne peux pas ennuyer ma mère avec ce souci car elle semble en avoir beaucoup d'autres, et je n'ai pas revu Mme Colbert depuis de longues semaines.

Mme Desfossé, habituellement si réservée avec ma mère, rit comme les autres aux bons mots qui fusent. Je voudrais rejoindre les garçons pour jouer et chahuter avec eux, mais je n'ose pas me lever de mon siège.

Mme de Montespan m'ignore. Dans ce cas, pourquoi avoir insisté pour que je vienne ? Voulait-elle, en m'appelant auprès d'elle, plaire au roi ? Montrer à ses amis qu'elle a l'esprit large en recevant chez elle la fille d'une autre favorite ? Je me pose toutes ces questions, ma tasse de chocolat vide à la main, sans qu'aucune réponse me satisfasse.

Par contre, une sourde animosité naît en moi et je murmure :

— Je déteste cette femme !

Chapitre
11

Lorsque nous regagnons notre appartement, maman a quitté son lit.

— Vous allez mieux, je suis contente ! lui dis-je en lui sautant au cou, tandis que Louis se pend à sa jupe pour quémander une caresse.

Elle me sourit et s'enquiert :

— Avez-vous été sage, Louis ? Et vous, Marie-Anne, avez-vous fait une bonne impression à Mme de Montespan ?

— Tout s'est très bien passé, résume Mme Desfossé. Vous pouvez être fière d'eux.

— Je le suis. Sans eux, j'aurais déjà fui la cour depuis longtemps. J'aspire à présent à la paix de l'âme.

— Ils ont besoin de vous, madame, plaide Mme Desfossé. Louis est encore si jeune et, sans votre protection, je crains pour Marie-Anne.

Ma mère fait un geste de la main pour réclamer plus de discrétion à sa dame de compagnie et ajoute :

— Je suis prête. Donnez-moi ma mante de laine grise.

— Vous sortez, maman ?

— Oui. Je suis attendue au Carmel de la rue Saint-Jacques pour la prière du soir.

— Encore chez les religieuses ! lancé-je d'un ton boudeur. À croire que vous vous plaisez plus avec elles qu'avec nous !

Ma repartie fait mouche. Elle m'adresse un regard où se mêlent le reproche et la peine. J'en souffre. Mais j'ai envie de la blesser comme elle me blesse en envisageant de nous quitter pour entrer dans un couvent. Droite, digne, je la défie. Mme Desfossé m'entoure les épaules de son bras et ajoute :

— Voyons, Marie-Anne, vos propos sont bien durs pour votre mère qui vous aime si tendrement.

— Si elle m'aimait, elle ne parlerait point tant de nous abandonner.

Ma mère quitte la pièce sans se retourner et j'entends le bruit des roues de la calèche sur les pavés de la cour.

Ma colère et ma déception sont si fortes que je bouscule Mme Desfossé en courant pour me jeter sur mon lit où les sanglots me secouent.

Ma gouvernante vient me retrouver et, me caressant les cheveux, elle m'explique :

— N'en voulez point à votre mère, elle est déjà si malheureuse.

— Elle ne m'aime point ! Elle ne m'aime point ! crié-je en frappant le carreau de mes poings.

— Oh, si, elle vous aime, Louis et vous. Souvent, elle m'a dit que vous étiez ses seuls trésors.

— Ah, elle vous a dit cela ? bredouillé-je en reniflant.

— Oui.

— Alors, pourquoi passe-t-elle plus de temps dans ce couvent qu'avec nous ?

— Elle souhaite expier ses fautes.

— Mais de quelles fautes s'agit-il ?

Mme Desfossé réfléchit un instant, hésite, puis finit par lâcher :

— Puisque vous avez fait vos premiers pas à la cour, autant que je vous conte la vérité, car bien des mauvaises langues pourraient vous dire des menteries au sujet de votre mère.

Je me redresse, consciente de l'importance de ce moment.

— Le roi s'est épris de votre mère alors qu'elle était demoiselle d'honneur de Mme Henriette d'Angleterre, épouse de son frère. Elle avait dix-sept ans. Elle-même a aussitôt ressenti un sentiment très fort pour le roi. Las, il était marié. Louise a résisté aussi longtemps qu'elle a pu aux avances du roi. Mais finalement tous les deux ont transgressé les règles de l'Église. La reine en a beaucoup souffert évidemment, car elle aussi aime profondément le roi. Et c'est ce que votre mère ne parvient pas à se pardonner.

— Elle n'est point responsable ! C'est le roi qui trahit la reine !

— Votre mère est si bonne et si pieuse qu'elle prend toute la faute pour elle et qu'elle veut se consacrer à la prière pour gagner son paradis.

— Mais puisque le roi aime à présent Mme de Montespan, ma mère ne fait plus de peine à la reine et elle n'a plus de raison de quitter la cour.

— Peut-être a-t-elle du mal à supporter la vue du roi et de Mme de Montespan ensemble.

— Est-ce que maman aime toujours le roi ?

— Je le crois.

Alors mes sanglots reprennent de plus belle et je frappe à nouveau le carreau de mes poings en répétant :

— C'est la Montespan la coupable ! Je la déteste ! Je la déteste !

— Calmez-vous, Marie-Anne.

Elle veut me câliner, mais je la repousse sèchement en criant :

— Laissez-moi ! Personne ne me comprend ! Personne ne m'aime !

Je pleure encore longtemps après qu'elle est sortie de la pièce. Puis, les yeux grands ouverts dans le noir, je réfléchis. Je dois trouver une idée pour me venger de cette Montespan qui a pris la place de ma mère dans le cœur du roi. C'est sa faute si ma mère n'est plus la femme belle et rieuse de mes souvenirs.

Quelques jours plus tôt, alors que Ginou et Marisette s'occupaient à faire le lit de ma mère, j'avais surpris leur conversation.

— Moi, cette marquise de Brinvilliers[1], elle me fait froid dans le dos, affirmait la première.

— En matière de poison elle est imbattable !

— Diantre, elle a occis son père, ses frères, sa sœur et même son amant, le beau Godin de Sainte-Croix !

— Le plus terrible, c'est que si son complice a bien été exécuté l'année dernière, elle a disparu de la circulation et doit continuer son abominable ouvrage quelque part. Peut-être même a-t-elle des complices à la cour !

Ginou se signa prestement et ajouta :

— Ne parle pas de malheur !

1. Marie-Madeleine Dreux d'Aubray, marquise de Brinvilliers, née le 2 juillet 1630, rendue célèbre par l'affaire des Poisons, fut jugée le 16 juillet 1676 et exécutée le lendemain.

Marisette s'approcha de son amie et lui souffla à l'oreille une phrase dont seuls quelques mots me parvinrent. Mais le nom qu'elle prononça me glaça d'horreur : « Mme de Montespan ».

J'étais allongée sur le sol en train de jouer avec une poupée offerte par le roi. « Poison » était un mot que je connaissais.

D'abord, il apparaissait dans beaucoup de contes que me lisait Mme Colbert, les marâtres n'hésitant point à occire les belles princesses pour leur voler leur héritage. Ensuite, tout le monde en parlait comme d'un fait à la mode, soit sur le ton de la plaisanterie, soit tout à fait sérieusement.

Je me levai et, les jambes flageolantes, je les interrogeai :

— Mme de Montespan est-elle une empoisonneuse ?

— Grand Dieu, non ! s'exclama Marisette devenue aussi rouge qu'un coquelicot. Où es-tu allée chercher pareille sornette !

— C'est que tu as prononcé son nom et que...

— T'as rien compris, se fâcha-t-elle, je disais à Ginou que Mme de Montespan était... enfin qu'elle était... irréprochable ! Voilà c'que je disais. Allez, file d'ici et t'en va point cancaner des sottises... Ça pourrait causer du tort à ta maman et elle a pas besoin de ça !

— Oh, oui, la pauvre ! ajouta Ginou.

Je n'ai jamais rien dit de ce que j'avais entendu.

Au moment précis où ma colère contre Mme de Montespan est à son comble, tout me revient en mémoire. Cette femme empoisonne ma vie et celle de ma mère. Je dois donc l'empoisonner pour de bon.

Mais où trouver du poison ? Qui en posséde ? Et qui accepterait d'en vendre à une fillette de huit ans ? Je suis prête à échanger une poudre mortelle contre l'une de mes robes, une poupée ou le poinçon en or qui retient mes cheveux.

Je me promets de me mettre discrètement à la recherche de poison. Je me doute bien que ce ne sera point facile. Mais cela me paraît être la seule solution.

Mme de Montespan morte, ma mère reprendra sa place dans le cœur du roi et donc à la cour. Elle ne nous quittera pas.

Je ne sais combien de temps, je reste ainsi à étudier mon projet. Soudain, la porte s'ouvre doucement. Je fais semblant de dormir. Mme Desfossé vient déposer Louis dans son lit à côté du mien. Elle l'embrasse, lui murmure quelques douces paroles à l'oreille, puis se penche sur moi. Je serre fort les paupières. Elle quitte la chambre sur la pointe des pieds.

— Tu dors ? me questionne mon frère.

— Non.

— Tant mieux. J'ai une idée.

— Moi aussi.

— Ah ? Je te conte la mienne, elle est certai–nement meilleure que la tienne.

J'en doute, mais je le laisse dans son illusion.

— On va aller faire pipi dans la grande cuve où se baigne Mme de Montespan !

Cette idée est si saugrenue et si réjouissante que j'éclate de rire.

— Te moque pas. Ainsi, elle sentira tellement mauvais que le roi la chassera !

Après m'être demandé sans relâche comment empoisonner cette dame, je trouve la solution de Louis si drôle que je ne peux plus arrêter mon rire. Il se fâche :

— Donne-moi ton idée pour voir si elle est meil-leure que la mienne !

Mon dessein[1] est si sombre que je ne peux pas l'exprimer à voix haute et je réponds après m'être calmée :

— C'est toi qui as raison !

— Alors, allons-y tout de suite. Le roi fait médianoche[2] dans ses appartements et Mme de

1. But, intention.
2. Repas servi un peu après minuit.

Montespan y est. Mme Desfossé y partait et Mme Coste doit, comme à son habitude, dormir comme un loir.

Aussitôt dit, aussitôt fait.

Je passe une jupe, j'ôte mon bonnet et je noue mes cheveux à l'aide d'un ruban. Louis préfère sortir en chemise.

— Comme cela, on me prendra pour un fantôme, m'assure-t-il.

L'appartement de Mme de Montespan est à proximité de celui du roi et il s'agit de ne pas se faire remarquer. Nous traversons plusieurs pièces dont les portes sont fort heureusement ouvertes. La lumière de la lune suffit à nous éclairer. Nous ne rencontrons personne, sauf deux garçons bleus endormis à même le sol, et deux gardes qui tiennent à peine debout et qui grommellent en nous voyant :

— Qui va là ?

J'utilise la ruse pour leur répondre :

— Mon frère et moi voulons apercevoir un peu de la fête que donne le roi. Nous promettons de ne faire aucun bruit et de retourner très vite nous coucher.

— Wouah ! bâille l'un d'entre eux, ce ne sont que des gamins...

Et ils nous laissent passer.

Las, la porte de l'appartement des bains est fermée. Pas à clef. Rien n'est jamais fermé à clef à Versailles. Seulement la poignée dorée est beaucoup trop haute pour que je puisse l'atteindre.

— Zut, grogne Louis. On était si près du but !

Je ne vais pas renoncer. Appuyée contre le chambranle, j'aide mon frère à grimper sur mes épaules. À la suite de quoi, il réussit à ouvrir.

Nous entrons, vaguement inquiets d'être arrêtés par une femme de salle ou un valet. Nos pieds nus sur le marbre ne font pourtant aucun bruit, mais Louis se plaint :

— C'est froid !

Je pose l'index sur mes lèvres pour lui ordonner de se taire.

Nous demeurons un instant cachés derrière une tenture, l'oreille aux aguets. Il règne dans l'appartement un silence impressionnant, à peine troublé par le clapotis d'une fontaine.

— J'ai peur, murmure encore Louis.

Je lui réponds avec assurance :

— Pas moi.

C'est une menterie, car si Mme de Montespan ou une de ses amies nous surprennent ici, nous nous ferons sévèrement gronder et nous obtiendrons le contraire de ce que j'ai prévu. Je prends la main de mon frère, et, toujours guidés par la lumière de la lune, nous nous dirigeons vers la grande cuve de marbre.

— Viens, dis-je à Louis, on va tremper nos pieds dans l'eau.

Je descends les deux marches et j'avance le pied, sans qu'il touche l'eau.

— Elle est vide ! lancé-je dépitée. On aurait dû s'en douter. Elle n'est remplie d'eau tiède que lorsque Mme de Montespan et ses invités s'y baignent.

— Tant pis, réplique Louis, on va quand même pisser dedans. Il y a si longtemps que je me retiens que je vais la remplir à moitié !

Il joint aussitôt le geste à la parole et je m'accroupis sur les marches pour uriner à mon aise.

— Tu crois que ce sera suffisant ? s'inquiète Louis.

À dire vrai, j'en doute. Il faudrait être dix ou cent pour que nos déjections troublent l'eau du bain.

— Dommage qu'Anne-Marie et petit Louis ne soient pas avec nous, dis-je.

Puis, afin de ne pas m'avouer vaincue, j'ajoute :

— En tout cas, la prochaine fois que je verrai la Montespan, je saurai qu'elle a trempé dans notre urine, et ce sera une bonne vengeance !

— Oui, tu as raison.

Et nous repartons nous coucher.

Louis est tout à fait content du bon tour qu'il a joué à Mme de Montespan. Moi, un peu moins... Le poison serait plus efficace, mais il me vouerait à l'enfer et peut-être bien au bûcher. Je frissonne. Je n'ai pas l'âme d'une criminelle.

Chapitre
12

Quelques jours plus tard, Louis et moi sommes dans la chambre de notre mère alors qu'elle finit de se préparer pour sortir. Elle a revêtu une robe de soie noire agrémentée d'un col et de poignées de fine dentelle et aucun ruban ne vient égayer son bustier et sa chevelure. C'est ainsi qu'elle s'habille le plus souvent à présent et je le regrette. Je préfère la voir porter des jupes de soie colorée, ornées de broderie, de perles, de diamants. Elle est si belle ! Je lui en ai plusieurs fois fait la remarque, et chaque fois, elle me répond :

— Tout cela n'est plus pour moi, mon enfant, je veux racheter mes fautes par l'humilité et la prière.

Un page entre, porteur d'un billet qu'il lui remet. Elle le lit et soupire :

— Mme de Montespan m'invite à la rejoindre au pavillon de porcelaine[1].

Se tournant vers Mme Desfossé, elle poursuit :

— Je ne peux pas refuser encore une fois sans la fâcher et déplaire au roi. Ce n'est pas le moment. Si je veux que le roi me donne enfin l'autorisation de quitter la cour, je me dois d'être au mieux avec sa favorite. Voulez-vous préparer les enfants ?

— Nous y allons ? m'étonné-je.

— Oui, afin de satisfaire Mme de Montespan et Sa Majesté.

— Mais... je croyais que vous et Mme de Montespan n'étiez pas très amies parce que... enfin... parce que le roi et Mme de Montespan...

Je m'embrouille. Je ne veux pas peiner ma mère, mais lui montrer tout de même que je suis au courant de la situation.

— Ah, ma chère enfant, à la cour, il faut toujours faire bonne figure, cacher sa déception et son chagrin. Et puis, je ne dois plus penser à moi, mais à vous et à Louis.

Intriguée, je hausse les sourcils.

— Votre vie à tous les deux est à la cour et bientôt vous aurez besoin de l'appui de Mme de Montespan et de l'amitié du roi...

1. Pavillon ou Trianon de porcelaine construit par Le Vau en six mois en 1670.

Brusquement, ce qu'elle m'a annoncé quelques semaines auparavant me revient en mémoire, et je lance :

— Vous allez nous quitter ?

Elle se tourne vers Mme Desfossé, hésite à répondre, soupire encore, et me dit :

— Ne parlons point de cela pour l'instant. Allez vite vous changer ! Faites-vous belle Marie-Anne pour me faire honneur, et vous, Louis, mettez votre costume d'amiral de France qui vous sied si bien.

Le Trianon de porcelaine est un enchantement.

C'est le dauphin qui me l'a montré quelques jours plus tôt. Sans que je sache pourquoi, il aime à me faire découvrir Versailles. Peut-être tout simplement parce qu'il apprécie ma présence. Cela me flatte de le croire.

— Voyez, me dit-il, une pointe de mépris dans la voix, ce qu'une femme exigeante et futile peut obtenir du plus grand roi de la terre !

Je m'extasiai :

— Le sol est pavé de faïences, et même les balustrades, les margelles des bassins et les vasques !

— Certes. Mais cet édifice a coûté une fortune, alors que le château par lui-même est loin d'être terminé et que nous vivons encore parmi les échafaudages, dans la poussière et les odeurs de peinture.

Les ouvriers employés à construire ce... bâtiment ridicule auraient permis de faire avancer les travaux du château plus rapidement, et, astheure[1], l'escalier des Ambassadeurs serait terminé et nous pourrions respirer sans nous étouffer.

Sa mauvaise humeur ne m'atteignit pas, tant je trouvais divin ce pavillon.

— Le toit est curieux, n'est-ce pas ?

— Il paraît qu'à la Chine les toits des temples que l'on nomme pagodes ont cette forme.

— Et toutes ces porcelaines bleues sur les murs et au sol représentant des oiseaux, des Amours, des fleurs... c'est féerique.

— Ce ne sont point des porcelaines, me répondit-il du même ton bougon, mais des faïences. Nous ne fabriquons point encore de porcelaine chez nous. Elle vient de la Chine et coûte plus cher que l'or. C'est une imitation, parce que tout ce qui se rapporte à l'Orient est à la mode. La plupart de ces carreaux ont été fabriqués à Rouen, Lisieux ou Nevers.

— Et ces cinq bâtiments tout autour, à quoi servent-ils ?

— C'est proprement ridicule. L'un sert à cuire les confitures, l'autre les entremets, le troisième est une volière et le suivant est le pavillon des senteurs.

1. À cette heure.

Rien n'est trop beau, trop riche, trop cher pour la favorite de mon père.

Nous tournâmes autour sans y pénétrer. Je l'aurais bien voulu, mais le dauphin me dit :

— Ah, non, jamais je ne poserai un pied dans ce bâtiment entièrement voué à la luxure !

J'ignorais ce qu'était la luxure et je dus faire une moue dubitative, car le dauphin m'expliqua :

— C'est ici que mon père et Mme de Montespan se retrouvent seuls. Il paraît qu'il y a même une chambre que l'on nomme la chambre des Amours... c'est... dégoûtant !

Je me demandais si, pour ma mère, le roi avait aussi fait construire un pavillon spécial. Je n'en avais jamais ouï parler, mais je ne posai pas la question au dauphin, car je voyais bien que l'évocation des amours de son père avec Mme de Montespan le mettait en colère.

Je crus détourner la conversation en disant :

— En tout cas, les jardins sont superbes !

— Des jonquilles, des milliers de jonquilles ! Une folie ! M. Le Bouteux les fait venir de Provence et les narcisses viennent de Constantinople où l'intendant des galères les achète lui-même ! Mon père en a décidé ainsi parce qu'il juge que le jaune des fleurs met en valeur le bleu des faïences et que cela plaît à Mme de Montespan.

Nous fîmes quelques pas dans les jardins, où j'admirais en silence les orangers et les jasmins qui venaient juste de quitter les serres, lorsque soudain, derrière un if impeccablement taillé, le dauphin buta contre un garçon allongé à terre.

En une fraction de seconde, le garçon se redressa et, fort mal à l'aise, baissa la tête en tortillant son bonnet :

— Que faites-vous là ? s'emporta le dauphin.

— Je... je dormais Votre Majesté... et je... je m'en excuse... bredouilla le garçon.

Il était maigre, tout en jambes et ne devait guère avoir plus de dix ans.

— Vous dormiez ! hurla le dauphin. Mon père ne vous paye pas pour dormir ! Vous serez châtié et chassé sur-le-champ ! Donnez-moi votre nom afin que je signale votre conduite à l'intendant des travaux.

Le dauphin passait sur ce jeune ouvrier la colère qu'il avait accumulée en me parlant du Trianon de porcelaine.

— Je me nomme Jean... Jean Poitou... c'est de cette province que je viens... mais je supplie Votre Majesté de m'écouter, car...

— Il suffit, coupa le dauphin.

Je posai ma main sur son bras et je me permis de dire :

— Je vous en prie, monsieur, écoutons-le.

Le dauphin n'ouvrit pas la bouche. Je gage qu'il était assez furieux contre moi. Mais ne voulant rien laisser paraître, il donna son accord d'un geste de la main.

Imaginant que j'étais quelqu'un d'important, l'ouvrier s'adressa à moi :

— C'est que j'ai travaillé toute la nuit à planter les jonquilles que vous voyez là, pour qu'elles paraissent toutes fraîches aux yeux du roi. Au matin, nous avons ratissé les allées, taillé les buis, et à midi, après avoir avalé mon quignon de pain, je me suis endormi... sans même m'en apercevoir.

— Vous êtes donc jardinier ?

— Oui, madame.

— Eh bien, monsieur, je vous félicite, le jardin est magnifique et le parterre de jonquilles est un enchantement.

Le dauphin me foudroya du regard, mais Jean Poitou plongea dans une curieuse révérence tout en se confondant en remerciements :

— Je vous suis, madame, très reconnaissant pour... pour les paroles que... enfin, les compliments... dont je ne suis pas digne... à cause que je suis pas seul à travailler dans ce...

— Il suffit, mon brave, coupa le dauphin, retournez à votre travail. Vous avez de la chance que Mlle de Blois ait pris votre défense.

Puis me saisissant le bras, il poursuivit :

— Venez, regagnons le château.

Je le suivis, mais je me retournai un instant pour faire un signe de la main au jardinier.

Le dauphin me gronda :

— Il n'est point coutume que les gens de qualité adressent des compliments aux jardiniers et encore moins qu'ils leur fassent un signe amical.

— C'est qu'il était en tout point charmant et que j'aime beaucoup les fleurs.

Je crois bien qu'il grogna :

— Comme mon père.

Mais je n'en suis point certaine.

Nous restâmes en froid durant plusieurs semaines.

Chapitre 13

Le souvenir de cette scène me revient lorsque nous nous dirigeons en chaise à porteur vers le Trianon de porcelaine.

Je suis tout heureuse de pouvoir pénétrer à l'intérieur de ce palais féerique et je veux oublier que c'est Mme de Montespan qui nous invite.

Ma mère paraît indifférente à la beauté des jardins que nous traversons. Depuis plusieurs mois déjà, elle a cette attitude distante avec tout ce qui l'entoure. Comme si elle n'était déjà plus là par la pensée. Elle parle de finir sa vie dans un couvent, mais elle paraît encore hésiter à franchir le pas. Je me dis qu'il s'agit sans doute d'une comédie pour que le roi la supplie de demeurer à la cour... Et si ce n'en est point une, elle n'est peut-être pas encore prête à partir avant plusieurs années...

— Entrez, entrez, mon amie, susurre Mme de Montespan lorsque nous nous présentons à la porte.

Je me raidis.

Comment cette femme ose-t-elle appeler ma mère « son amie ». Je voudrais la griffer pour la défigurer ! Mais je lui adresse cependant un petit souris parce que, comme ma mère me l'a appris, il faut savoir cacher ses sentiments.

Mme de Montespan porte une somptueuse robe d'après-dîner en soie jaune rebrodée de fleurs multicolores. Dans sa coiffure, particulièrement soignée, sont piqués des poinçons d'or et de diamants retenant des rubans et des nœuds. Le décolleté de son bustier laisse voir sa gorge opulente et blanche. Je jette un œil sur la tenue sobre de ma mère et je lui en veux de ne point chercher à rivaliser avec l'éclatante beauté de cette dame. Ce n'est point ainsi vêtue qu'elle reprendra le cœur du roi !

— Ah, quelle bonne idée de m'avoir amené vos enfants ! Ils sont charmants.

Louis se renfrogne et lui accorde un bref mouvement de la tête qui peut passer pour un salut. Je lui fais la plus petite des révérences. Cela ne paraît pas même la vexer.

— Venez, Marie-Anne, me dit-elle, je vais vous montrer un endroit enchanteur ! Le roi l'a fait construire spécialement pour moi... et pour lui, car, comme moi, Sa Majesté aime les parfums... tous les parfums.

Louis, dont je tiens la main, la serre fortement et me murmure à l'oreille :

— Celui de l'urine aussi ?

Je pouffe de rire et le cache de mon mieux en toussant.

— Seriez-vous sujette à un refroidissement ? m'interroge Mme de Montespan.

— Non, point, bredouillé-je.

Nous pénétrons dans une petite pièce où, sur des étagères, des centaines de pots de faïence, de fioles et de bocaux de verre sont rangés, chacun portant une étiquette.

— Avec mon parfumeur, je joue à créer de nouvelles eaux de senteur. Tenez, sentez celle-ci. À quoi vous fait-elle penser ?

Elle me met sous le nez un flacon que je respire.

— Au muguet !

— Bravo, mais il y a aussi une pointe de tubéreuse et quelques épices rares. Et dans ce flacon-ci, j'ai mêlé du jasmin, du thé et une pointe de poudre de cacao. Le roi aime aussi beaucoup à se divertir en créant des senteurs inconnues.

Ma mère nous suit d'un air tout à fait impassible.

— Allons, à présent, dans le salon chinois. Je vous ai fait préparer un thé à la mode de ce pays. C'est tout à fait particulier.

Elle nous précède dans un petit salon dont les murs sont couverts de faïences bleues. Les meubles sont de laque rouge et les tentures rouges aussi avec des glands d'or. Ce n'est point du tout à mon goût. Nous nous assoyons sur des carreaux à même le sol devant une table basse.

— Les empereurs chinois mangent ainsi. C'est amusant, n'est-ce pas ?

— Très, répond ma mère.

Mais je vois qu'elle n'apprécie pas.

Louis, oubliant nos résolutions, se vautre sur les carreaux et lance :

— Alors, je vais boire et manger comme l'empereur de la Chine.

Je le foudroie du regard et il reprend une attitude plus digne.

Je suis, je l'avoue, assez étonnée que cette dame nous reçoive avec autant de plaisir.

Je me demande si, n'ayant plus rien à craindre de ma mère, elle veut lui montrer sa supériorité, ou si, au contraire, elle souhaite l'amadouer afin que sa rivale renonce à reprendre le cœur du roi. Je ne suis pas encore assez instruite dans les choses de l'amour pour répondre à ces questions.

Un valet chinois, petit et maigre, vêtu d'une tenue de soie orange pénètre dans la pièce d'un pas glissant et silencieux, une théière à la main. Il s'incline devant ma mère puis devant Mme de Montespan et remplit nos tasses de fine porcelaine.

— C'est fort aimable à vous de venir me faire vos adieux, commence Mme de Montespan.

Mon cœur s'emballe. Mes imprécations seraient-elles bénéfiques ? Est-ce que Mme de Montespan quitte la cour ? Est-ce qu'elle a voulu le faire élégamment en cédant la place à ma mère ? J'en suis là de mes interrogations lorsque la porte s'ouvre devant le roi.

Ma mère et Mme de Montespan se lèvent et plongent dans une révérence, je fais de même. Le roi nous adresse un geste de la main pour nous dire : « Pas d'étiquette ici, nous sommes entre nous. »

— Bien le bonjour, mesdames, dit le souverain. Je ne m'attendais pas à vous trouver, Mme de Montespan, en si agréable compagnie.

— Mlle de La Vallière venait me faire ses adieux avec ses enfants.

J'ai comme un éblouissement. C'est donc vrai. La Montespan part. Je remercie secrètement le ciel de m'être venu en aide. Je suis si heureuse que j'ai l'impression de flotter sur un petit nuage.

Le roi caresse la joue de Louis, puis pose sa main sur ma tête. Je lève les yeux vers lui en souriant.

À cet instant précis, jamais la vie ne m'a paru aussi belle.

— Ainsi, soupire le roi, votre décision est irrévocable, madame.

Curieusement, c'est ma mère qui prend la parole :

— Oui, Votre Majesté, puisque vous avez la bonté de ne plus me refuser votre accord.

— Je vois bien que vous aspirez à présent à une retraite religieuse, ce qui est tout à votre honneur.

Je n'y comprends rien. Pourquoi est-ce ma mère qui répond au roi ? Une angoisse soudaine monte en moi : est-ce que c'est ma mère qui quitte la place, alors que j'ai cru qu'il s'agissait de Mme de Montespan ?

— Il est vrai, sire, qu'à présent je ne puis trouver la paix que dans la clôture d'un couvent.

Je suis debout, figée, mes oreilles bourdonnent et les mots se mélangent dans ma tête.

— Cela m'a coûté de vous donner mon accord. Je n'aime point me séparer des gens que j'aime.

« Alors, puisque vous l'aimez, pourquoi la laisser partir ? » ai-je envie de crier. Je me retiens cependant, car il me semble qu'un esclandre devant le roi n'est point du tout convenable. Mais j'ai si mal de ne point pouvoir crier ou même parler que mon ventre se crispe douloureusement. Ainsi, ce que j'appréhendais arrive. Ma mère va nous quitter. Quand ? Elle ne l'a point précisé. J'espère que c'est dans longtemps. Mais la tension qui règne dans l'air et qui me suffoque me laisse à penser le contraire.

Je cherche un appui auprès de Louis. Il n'a rien saisi de la discussion, il suit du doigt les arabesques fleuries sur les coussins.

Soudain, je n'y tiens plus, et lançant à ma mère un regard éperdu, je lui demande :

— Ainsi, mère, vous nous quittez ?

Personne, sans doute, ne s'attendait à ce que je parle. Le roi a froncé les sourcils. Ma mère, gênée par mon intervention, regarde le roi, puis Mme de Montespan, et me répond d'une voix légèrement agacée :

— Vous le savez bien, Marie-Anne, je vous en ai parlé souventes fois.

C'est vrai. Mais je n'y ai jamais cru.

— Votre mère n'a guère pitié de ceux qui l'aiment, lâche le roi.

Ma mère rougit, puis, comme prise en faute, baisse la tête. Je m'en veux aussitôt de l'avoir mise dans cette pénible situation. Les larmes me montent aux yeux, mais il est trop tard pour les regrets. Une atmosphère lourde plombe la pièce. Alors le roi lance d'une voix guillerette comme si rien de grave ne s'était passé :

— Avez-vous vu, Marie-Anne ? Toutes les jonquilles sont fleuries !

Je lève vers lui des yeux étonnés. N'a-t-il donc point de sentiment pour s'extasier sur des fleurs quand se joue le destin de ma mère ? Je ne sais comment interpréter cette curieuse remarque.

— Ah, poursuit le roi, les jardins sont toujours une source de consolation.

— Et ceux qui entourent le Trianon de porcelaine sont les plus beaux qui soient ! assure Mme de Montespan.

— M. Le Bouteux et M. Le Nôtre sont des artistes qui savent parfaitement dompter la nature.

La conversation s'orientant sur les jardins, ma mère a le temps de réagir. Elle reprend un visage serein et dit d'une voix neutre :

— Il me reste, madame, à vous remercier pour votre accueil chaleureux et à prendre congé.

Mme de Montespan ne la retient pas et lui tend sa joue à baiser. Ma mère s'exécute. Mme de Montespan se penche ensuite vers nous pour nous embrasser. Je ne peux refuser, mais j'ai envie de la mordre. Ma mère fait la révérence au roi, je la fais aussi et Louis s'incline.

— Alors, adieu, madame, murmure le roi, puisque vous le voulez ainsi.

— Adieu, Majesté, répond ma mère. Je prierai pour votre salut.

Et nous sortons.

Chapitre
14

Voilà, c'est donc vrai. Maman va entrer au Carmel.

Je pleure toute la nuit.

Ma mère m'entend et vient me consoler :

— Marie-Anne, c'est Dieu qui m'appelle. Vous ne voudriez tout de même pas que je résiste à la voix de Notre Seigneur.

— Moi aussi, maman, je vous appelle pour que vous restiez avec nous.

— Je ne le peux point, ma fille. Je dois payer pour mes crimes. Je vous l'ai déjà expliqué. Je ne vous oublierai pas.

— Mais vous ne serez plus avec moi... et j'en mourrai.

— Non. Au contraire. Vous devez vivre pour plaire au roi, qui vous aime tendrement. Je suis certaine que vous aurez une belle existence à la cour. Le roi s'y est engagé. Promettez-moi de faire tout votre possible pour devenir une demoiselle sage et pieuse afin que je sois fière de vous.

À travers mes larmes, je m'y engage. Maman me cajole et je finis par m'endormir dans ses bras, vaincue par le chagrin et la fatigue.

Les jours suivants, alors que la tristesse m'habite, maman est calme et semble illuminée de l'intérieur. Comme je lui en fais le reproche, elle m'assure :

— Pouvoir bientôt me laver de mes péchés par la prière me réjouit.

— L'idée de nous quitter ne vous chagrine donc pas.

Elle soupire. Je sais que je l'ennuie à la harceler ainsi, mais c'est plus fort que moi.

Quelque temps plus tard, elle nous annonce que M. Mignard[1], un peintre réputé, viendra exécuter un tableau qu'elle veut nous laisser afin que nous gardions un souvenir d'elle.

— Ce sera comme un gage de l'amour qui nous unit tous les trois, m'explique-t-elle.

Elle s'habille d'une superbe robe de soie blanche, dont le décolleté est souligné d'un fin galon or. Une broche formée d'un rubis et deux pendants d'oreilles en perles sont ses parures. Je porte une

1. Pierre Mignard (1612-1695).

robe corail rebrodée de motifs bleus et mon frère est vêtu comme un parfait gentilhomme en miniature.

M. Mignard a installé une vasque de roses sur une table recouverte d'un tissu bordeaux et nous attribue nos places. Notre mère s'assoit sur un fauteuil et le peintre lui donne un long châle bleu, couleur du roi, qu'elle jette négligemment sur ses genoux. Il exige que je sois de dos, une main sur la vasque alors que de l'autre je désigne une rose dont les pétales tombent.

— C'est pour montrer que le temps passe et fane les plus belles choses, m'explique-t-il.

Cela ne me plaît guère. Je préférerais que l'on me voie de face. Mais le peintre insiste.

— C'est pour le bon équilibre du tableau.

Louis est assis sur un carreau aux pieds de notre mère.

— Et pour que l'on sache qu'il est le plus jeune amiral de France, il tiendra un compas et une carte marine à la main, ajoute l'artiste.

Louis n'a pas la plus mauvaise place, il est confortablement assis. Je suis souvent réprimandée, car je ne tourne pas la tête comme le veut M. Mignard. Je bouge trop ou je laisse tomber mon bras... Mais aussi quelle idée saugrenue de me faire prendre cette position ! Ma mère, elle, reste de marbre durant les longues heures de pose.

Après une première séance qui me coûte et où je voudrais envoyer au diable cet artiste qui n'aime que mon dos, je réfléchis. N'est-ce pas la Providence qui l'envoie pour retarder le départ de notre mère ? Aussitôt, j'échafaude un plan pour que les séances durent le plus longtemps possible. En effet, maman ne peut partir tant que le tableau n'est point terminé. Aussi, je fais exprès de prendre une mine boudeuse, de baisser la tête ou de la rentrer dans mes épaules, de laisser tomber ma main ou encore de ne lui présenter que mon dos.

— S'il vous plaît, mademoiselle, tournez un peu le visage vers moi. Non, point tant. Et pointez bien votre index vers la droite.

Ma mère, elle aussi, me gronde :

— Soyez un peu attentive, Marie-Anne, sinon nous allons passer des mois à poser !

Je souris intérieurement. C'est exactement ce que je souhaite !

Las, le tableau se termine plus rapidement que je pensais et M. Mignard vient avec deux commis le livrer. Ma mère le félicite :

— Ah, monsieur, vous avez rendu à merveille la situation dans laquelle je suis : le temps qui passe et qui fane la jeunesse, la vanité des richesses et la valeur de la religion. Mes enfants sont charmants. On sent que Louis est promis à un grand avenir d'amiral et l'on voit dans Marie-Anne l'âme pure d'une fraîche demoiselle.

Je reconnais que le résultat est agréable. Maman, surtout, est divinement belle et à côté d'elle je me trouve bien terne.

Parfois j'arrive à oublier qu'elle va nous quitter, lorsque, avec le dauphin, nous allons nous promener dans le parc, ou que nous faisons un tour en bateau sur le grand canal, ou encore quand je chahute avec mon frère. De retour dans notre appartement, je conte à ma mère ma journée avec force détails amusants afin de lui donner envie de rester à la cour. Je veux lui prouver que la vie est belle à Versailles et qu'elle peut encore changer d'avis. Mais je vois bien dans son regard que sa décision est prise et j'en ai du chagrin.

L'après-dîner du 18 avril, à peine trois mois après que j'ai fait mon entrée officielle à la cour, elle me dit :

— Je vais demander publiquement pardon à la reine de l'avoir offensée. Je veux que vous soyez présente.

— Devant toute la cour ? Pourquoi ? m'étonné-je.

— Mes crimes ont été publics, il faut que la pénitence le soit aussi.

J'ai du mal à comprendre son besoin de s'abaisser ainsi. Mais je n'ai pas le droit de la juger.

Nous sommes reçues par la reine entourée de toutes ses dames et de nombreux gentilshommes. Je reconnais dans l'assistance Mme Scarron[1], la Grande Mademoiselle[2], et surtout Mme de Montespan. Cette dame a une certaine audace de venir assister au repentir d'une autre femme alors qu'elle aussi trompe la reine.

Ma mère est vêtue d'une robe de soie blanche et ne porte aucun bijou. Je la trouve resplendissante de beauté. Je marche un pas derrière elle, le cœur battant, inquiète de l'accueil que l'on va nous réserver. Je me dis que je mourrai de honte si la reine nous fait mauvaise figure ou nous lance une phrase assassine. Le silence est lourd tandis que nous avançons. L'on n'entend que le froissement de nos jupons sur le sol et quelques chuchotements qui me semblent être des murmures d'admiration.

Arrivée devant la reine, maman se jette à ses genoux en implorant son pardon.

J'ai mal pour elle et honte aussi qu'elle s'humilie ainsi devant la cour.

Fort heureusement, la reine, magnanime, la relève aussitôt et la baise sur le front en disant haut et fort :

1. Mme Scarron a été choisie par Mme de Montespan pour élever les enfants qu'elle a eus avec le roi. Elle deviendra plus tard Mme de Maintenon et épousera Louis XIV.
2. Anne-Marie-Louise, duchesse de Montpensier (1627-1693), est la cousine de Louis XIV. Elle est appelée la Grande Mademoiselle.

— Vous savez bien qué jé vous ai parrrdonnée depuis longtemps.

Quelques personnes essuient une larme.

La reine est bonne et charitable. Tout le monde le sait.

Elle s'avance et, prenant la main de ma mère puis la mienne, elle me dit :

— Mme de La Vallière est oune sainte femme qui a lé courage de choisir le couvent pour expier ses fautes. Mais jé gage que, pour vous, ma chère enfant, ce choix soit perturbant, aussi, je vous lé dis, vous pouvez compter sour moi.

Je la remercie en refoulant mes pleurs. Maman n'aimerait pas que la cour me voie gémir.

La cérémonie ne dure que quelques minutes. Personne ne souhaite d'ailleurs qu'elle se prolonge. Nous quittons l'appartement de la reine, ma mère ayant le cœur apaisé. Moi, par contre, je suis partagée entre la tristesse de son futur départ et le mince espoir que ce départ n'est pas pour tout de suite.

Las, à peine sommes-nous revenues dans nos appartements que ma mère m'annonce d'une voix calme :

— C'est pour demain, Marie-Anne.

Je pousse un petit cri et je cours me jeter sur mon lit où, une fois de plus, les sanglots me submergent.

Chapitre
15

Au matin, je suis résignée.

J'ai épuisé toutes mes forces à pleurer et toutes mes idées pour détourner ma mère de son projet. Rien n'y a fait.

Ginou vient ouvrir les courtines[1] de mon lit à l'aube.

— Quoi, déjà ? bredouillé-je.

— Votre mère veut que vous veniez avec Louis assister à la messe du roi à la chapelle.

Je reste muette. À quoi bon protester. Je laisse Ginou ôter ma chemise de nuit et me vêtir. Ma mère m'a fait confectionner une superbe robe de soie bleue, dont les manches bouffantes se terminent au coude par un bouillonné de dentelle au point de France. Je n'en ai jamais eu d'aussi luxueuse, mais je suis désespérée de la porter pour

1. Rideaux.

une circonstance si triste. Lorsque le drapier est venu pour les essayages j'ai cru qu'il s'agissait d'une tenue pour un nouveau bal de la cour. Personne ne m'a démentie, alors que tous devaient être dans le secret. Je leur en veux de m'avoir bernée ainsi.

Ginou passe des heures à me coiffer, à rouler mes cheveux, – aussi blonds que ceux de ma mère –, en boucles sages, dans lesquelles elle pique quelques rubans.

Louis, bâillant et maugréant, paraît bientôt dans une tenue de grand amiral, les bas bien tirés, et le justaucorps d'un bleu plus soutenu que celui de ma jupe.

— La messe, si tôt ! grogne-t-il.

— Vous devez faire honneur à votre mère, lui explique Mme Colbert qui vient d'entrer dans la pièce.

Je suppose que toutes les amies de ma mère seront là pour lui faire leurs adieux. Et Mme Colbert qui nous a élevés et continuera à le faire après le départ de notre mère se devait d'être près de nous.

— Aujourd'hui est un grand jour pour elle, vous le savez bien, Louis, reprend-elle.

— Elle nous quitte, c'est cela ?

— Elle entre au Carmel et continuera à veiller sur vous.

Louis vient vers moi et me saisit la main comme s'il voulait sceller notre union pour supporter l'épreuve qui nous attend. Je lui en suis reconnaissante et je trouve le courage d'affirmer :

— Nous serons forts !

Mme Colbert nous embrasse.

— Je le sais. J'ai confiance en vous et votre mère aussi.

Le moment est sans doute mal choisi pour lui parler d'Anne-Marie, mais j'ai si peu l'occasion de voir Mme Colbert que je saisis cette opportunité :

— Est-ce qu'Anne-Marie viendra bientôt me rejoindre ?

Elle hésite un instant avant de me répondre :

— Anne-Marie est trop jeune, et nous avons d'autres projets pour elle...

— C'est mon amie et je lui ai promis qu'elle serait ma demoiselle de compagnie.

Mme Colbert pose sa main sur mon épaule.

— Pour l'heure, vous aussi êtes bien jeune et vous n'avez encore ni domestiques ni demoiselles de compagnie. Laissez faire le temps, mon enfant.

Cette réponse ne me satisfait point. Il me semble que Mme Colbert me cache quelque chose au sujet d'Anne-Marie, mais pour l'heure d'autres soucis m'occupent.

Lorsque mère entre à son tour dans le salon où nous l'attendons, je crois voir une apparition tant elle est belle et rayonnante. Louis se jette contre elle en s'exclamant :

— Belle maman, que vous êtes jolie !

— C'est la dernière fois, mon fils. Je me dois de faire honneur au roi votre père et de prouver à la cour que ce n'est pas la vieillesse ou la laideur qui me pousse au Carmel, mais l'amour de Dieu, uniquement.

Notre mère serre Louis quelques brèves secondes contre elle, puis elle l'éloigne, et peut-être pour éviter de s'attendrir, elle examine notre tenue ; après quoi, elle conclut :

— Parfait.

Elle toussote pour s'éclaircir la voix et s'accroupit devant nous.

— Mes chers enfants, sachez que je vous aime et que je regrette de vous infliger la peine de notre séparation. Pourtant, il le faut pour le salut de mon âme. Je prierai pour vous. Mme Colbert et certaines dames de mes amies vous accompagneront volontiers jusqu'au Carmel de la rue Saint-Jacques pour me rendre visite. Je serai toujours là pour vous lorsque vous aurez besoin de moi.

Je retiens mes larmes à grand-peine. Ma mère s'en aperçoit sans doute, car elle se relève et nous dit d'une voix claire qui ne souffre aucune contradiction :

— Allons, c'est l'heure.

La chapelle de Versailles est pleine à craquer. Tous les gens de qualité ont tenu à assister à cet office pour apercevoir une dernière fois Louise de La Vallière. Ils ne sont pas déçus et quelques murmures d'émerveillement viennent à mes oreilles. Moi aussi, c'est la dernière fois que je vois ma mère aussi somptueusement vêtue. Je ne la quitte point des yeux pendant toute la cérémonie pour bien m'imprégner de son image.

Mon frère n'est pas plus recueilli que moi, mais lui se laisse distraire par les chérubins, les angelots, les tentures et les dorures de l'édifice.

À la sortie de la chapelle, nous suivons notre mère.

Elle s'arrête bientôt devant le roi, dont nous remarquons les yeux rougis.

— Tu as vu, me souffle Louis, le roi a pleuré... ça veut dire qu'il aimait bien maman.

Je lui chuchote à mon tour :

— Alors, pourquoi la laisse-t-il partir ?

— C'est des histoires de grands. On n'y comprend rien.

Je suis bien de cet avis.

Maman fait une profonde révérence au roi. Tous deux ne prononcent pas un mot. Au moment où je vais, moi aussi, m'incliner devant lui, il se détourne rapidement de notre groupe. J'en suis assez dépitée et vaguement inquiète.

Va-t-il moins m'aimer parce que ma mère a décidé de quitter la cour ? Va-t-il exiger que mon frère et moi soyons élevés loin de lui ? Je n'ai jamais envisagé cette solution et elle m'apparaît comme une issue possible mais abominable. Je n'ai pas questionné ma mère avec précision sur ce sujet et il est trop tard à présent.

Nous montons dans le carrosse orné des armes de ma mère. Dans une autre voiture prennent place ma grand-mère, mon oncle et sa femme, Gabrielle, qui ont fait le déplacement pour cette cérémonie.

— C'est la dernière fois que j'emprunte ce carrosse, murmure-t-elle. Je n'en aurai plus besoin à présent.

Je suis étonnée que toutes ces « dernières fois » ne la rendent pas malheureuse. Elle semble, au contraire, complètement détachée des choses ordinaires de la vie.

Le soleil resplendit et une foule nombreuse s'est massée contre les grilles du château. Les hommes lèvent leur chapeau. Les femmes applaudissent ou agitent des mouchoirs. Comment tous ces gens ont-ils appris le départ de ma mère ?

— Les gazettes, les feuilles satiriques et les chansons qui circulent dans Paris commentent et déforment tous nos faits et gestes pour amuser le peuple. C'est difficile à supporter, m'explique-t-elle.

— Ce jourd'hui, ils vous font plutôt bonne figure !

— Sans doute approuvent-ils mon choix.

Je me retiens pour ne pas crier : « S'ils savaient que vous abandonnez vos enfants, ils n'applaudiraient pas ! »

Il n'est plus temps pour les reproches.

Je saisis la main de ma mère. J'ai besoin de profiter encore un peu de sa présence. Nous gardons le silence alors que le carrosse bringuebale sur le chemin.

Tout le long de la route qui nous conduit jusqu'à la rue Saint-Jacques, à Paris, les habitants, reconnaissant le carrosse de ma mère, lancent des fleurs, applaudissent ; certaines femmes se signent comme au passage d'une sainte.

Cela m'impressionne et je ne peux m'empêcher de dire :

— Comme ils vous aiment, maman !

— Je ne mérite pas toutes ces marques de sympathie. Pas encore. Mais je vais prier pour en être digne.

J'ai envie de dire au cocher de ralentir pour retarder l'instant de la séparation.

Soudain, il ralentit. Exaucerait-il ma prière muette ?

Je soulève le mantelet de cuir fermant la portière et je vois un petit groupe qui attend devant une lourde porte : c'est le Carmel.

Ma mère adresse un signe discret à ces personnes. Puis les deux carrosses s'engagent sous la voûte et s'arrêtent dans la cour.

Ma gorge se noue. Je mets toutes mes forces à retenir mes larmes. Maman descend du carrosse aussi légère que si elle allait à un bal. Elle embrasse sa mère, son frère et sa belle-sœur, puis elle nous embrasse sans effusion excessive quand je souhaiterais qu'elle m'enlace et me cajole.

Louis me prend la main et nous la regardons franchir la porte qui ne s'ouvrira plus jamais pour la laisser sortir. Il me serre à un tel point que j'ai mal aux doigts. Mais je ne lui fais aucune remarque. J'ai besoin de sa force et de son soutien. Nous ne sommes plus, à présent, que tous les deux pour affronter la vie.

En ce 19 avril 1674, je me retrouve bien seule. Je vais devoir apprendre à vivre à la cour alors même que ma mère nous a toujours affirmé que l'on pouvait y perdre son âme. À moi, elle apparaît comme un lieu agréable où l'on peut écouter de la musique, danser, assister à des représentations théâtrales et à des fêtes somptueuses, se promener dans le parc ou en bateau sur le canal. Et j'ai bien l'intention d'en profiter.

J'espère qu'Anne-Marie sera bientôt à mes côtés et que nous partagerons tous ces plaisirs. Je vais tout mettre en œuvre pour qu'elle me rejoigne le plus vite possible.

Je sèche mes larmes.

Je suis Mlle de Blois, princesse de sang royal, je ne dois pas montrer ma faiblesse.

ANNE-MARIE DESPLAT-DUC

En un quart de siècle, Anne-Marie Desplat-Duc a publié une soixantaine de romans dont beaucoup ont été primés. Rien de surprenant quand on sait que sa passion est l'écriture et qu'elle y consacre tout son temps. Comme elle aime les enfants, c'est pour eux qu'elle écrit des histoires qui finissent bien. Vous pouvez toutes les découvrir sur son site Internet : http://a.desplatduc.free.fr

Du même auteur, chez Flammarion :

La série « Les Colombes du Roi-Soleil » :
T. 1 : *Les Comédiennes de monsieur Racine*
T. 2 : *Le Secret de Louise*
T. 3 : *Charlotte, la rebelle*
T. 4 : *La Promesse d'Hortense*
T. 5 : *Le Rêve d'Isabeau*
T. 6 : *Éléonore et l'alchimiste*
T. 7 : *Un corsaire nommé Henriette*

ALINE BUREAU

Aline Bureau est née à Orléans. Elle a étudié le graphisme à l'école Estienne puis la gravure aux Arts Décoratifs à Paris. C'est dans l'illustration qu'elle s'est lancée en travaillant d'abord pour la presse et la publicité, puis pour l'édition jeunesse. Elle est l'illustratrice de la série *Les Colombes du Roi-Soleil* d'Anne-Marie Desplat-Duc.

Imprimé à Barcelone par:

CPi

BLACK PRINT

Flammarion s'engage pour l'environnement
en imprimant l'ensemble de ses livres de poche
sur du papier issu de forêts gérées durablement.

Certifié PEFC

Cet ouvrage est issu
de forêts gérées
durablement et de
sources contrôlées.

PEFC/14-38-00121   pefc-france.org

Dépôt légal : septembre 2013
N° d'édition : L.01EJEN001007.C003
Loi N° 49-956 du 16 juillet 1949
sur les publications destinées à la jeunesse